말 담는 달에게

달에게 닳는 말

초판 1쇄 인쇄 2019년 6월 12일
초판 1쇄 발행 2019년 6월 19일

지은이 이미선

발행인 장상진
발행처 (주)경향비피
등록번호 제2012-000228호
등록일자 2012년 7월 2일

주소 서울시 영등포구 양평동 2가 37-1번지 동아프라임밸리 507-508호
전화 1644-5613 | **팩스** 02) 304-5613

ISBN 978-89-6952-342-6 03810

달에게 담는 말

이미선 에세이

경향BP

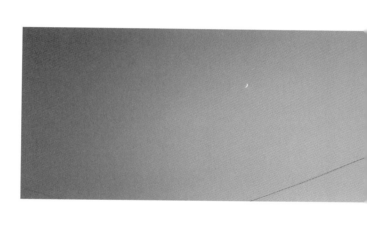

살면서 속에 가득 차올랐지만 너무나도 사소한 고민이거나 작은 감정들이기에 내뱉지 못하고 삼킨 적이 있다. 어릴 때는 친한 친구에게 속사정을 털어놓거나 가족들에게 고민을 말하곤 했는데, 내 부정적인 감정들이 주변 사람들한테까지 옮겨갈까 봐 걱정되는 마음에 입을 더욱 꾹 닫아버리는 요즘이다.

하루의 피로함, 고단함이 어깨를 짓눌러 고개를 들 힘마저 사라지려 할 때 반짝이는 무언가에 시선이 고정되었다. 별조차도 보이지 않는 밤하늘에 홀로 떠 있는 달. 외로웠기 때문일까. 달도 외로워 보이는 까닭에 그저 말동무나 되어보자는 마음으로 달에게 말을 건넸다. 당연히 달은 나의 물음에 대답을 해주진 않았지만 나는 마음이 한결 가벼워짐을 느꼈다. 답을 해줄 수 없는 달이었지만 그저 묵묵히 그 자리에서 내 이야기를 들어준 것만으로도 벅찰 만큼 힘이 되었기 때문에. 내 이야기가 저 달 속에 담겨 있길 바라는 마음으로 나는 계속해서 달에게 감정을 모두 털어놓았다.

나의 작고 사소한 고민부터 아주 큰 비밀이라 친한 친구에게도 말하지 못했던 고민까지. 그런 달은 나에게 따뜻한 위로의 말이라도 건네주는 듯 더욱 밝게 빛이 났다.

세상 모든 사람들이 마음속에만 담아 놓고 하지 못했던 이야기. 자신의 빛을 아직 발견하지 못한 사람들에게 들려주고 싶은 말들을 달에게 담아 따뜻한 마음의 위로가 전해지길 바라며, 당신의 아주 사소한 이야기를 언제든 들을 준비가 되어 있는 달에게 당신의 마음을 담아보기를.

차례

당신과 함께한 모든 순간들을 달에게 담았던 날

1

1

달에게

당신과 함께한 모든

담았던 날

순간들을

예쁜 달이 떴다. 고개를 한껏 젖히고 걸어가다 그만 담이 와버렸는데 그 와중에도 달이 보고 싶어 고개를 한 번 더 들었다. 담이 온 고개를 들어내느라 엄청 아팠지만 그래도 행복했다.

조그마한 렌즈 안에 아름다움이 다 담기지 못하는 걸 알면서도 연신 카메라를 들어 사진을 찍어댔다. 많이 찍다 보면 아름다움이 모두 다 담길까 하고.

오늘 달은 당신을 닮았다.

출근길, 아직은 좀 이른 아침 길을 걸어가다 도로 갓길 옆 울타리에 피어난 붉은 장미를 찍고 계시던 할아버지 한 분이 제 눈에 들어왔습니다. 한 장 두 장 자세와 위치를 바꿔가며 꽤나 정성스레 찍으시던 할아버지를 보다가 그만 작은 미소가 새어 나왔어요. '누구에게 보여주려 이렇게 정성스레 찍어내고 계실까.'라는 생각이 들어서 말이죠. 그 모습이 참 귀여우셨어요. 누군지는 모르겠지만 사진을 받는 그분은 정말 행복할 것 같다는 생각을 했습니다.

익숙하지 않은 듯 엉거주춤한 자세로 찍으면서도 앵글이 흔들릴까봐 입에 세게 힘을 주고 엄지손가락으로 카메라의 셔터를 누르시던 모습. 예쁜 것을 보면 보여주고 싶어지는 할아버지의 마음이 왠지 너무 아름다웠거든요. 찍힌 사진이 마음에 드셨는지 다시 걸음을 옮기시던 할아버지였습니다. 예쁜 부인에게 보여주시려던 것일까요. 아니면 사랑스러운 자녀분들에게 보여주시려던 것일까요.

그 장면을 보면서 생각합니다. 이런 사람이 곁에 있어주면 참 좋겠다고. 이런 사람과 평생을 함께한다면 정말 벅찰 만큼 행복할 것 같다고.

예쁜 것을 보면 지나가다 멈춰 카메라부터 들어 찍는 사람. 그 사진을 보며 행복해할 내 모습을 보고 나보다 더 행복해할 사람. 그런 사람이 평생을 함께할 내 사랑이 되어준다면 온 우주를 통틀어 가장 행복할 것 같아요.

안도

그래도 참 다행이더라.

무너진 나를
잠시 쉬게 해줄 당신이 있어서

그 그늘에 잠시 몸을 누이고 일어날
힘을 기를 수 있어서

그게 참 다행이더라.

기록

나를 사랑하는 이유를 다 말하려면 며칠 밤을 꼬박 새워도 모자라
다며 수줍은 미소로 말끝을 흐리는 당신. 두 손을 잡고 서로의 걸음
을 맞추며 머리 위로 떠 있는 달의 아름다움에 빠져 사랑을 속삭이
던 새벽. 내 곁에 당신이 있다는 사실만으로도 안심이 된 어느 순간
들의 기록.

카페에 혼자 앉아 커피를 마시는데 머릿속으로 당신이 지나갑니다.
지나가는 속도가 얼마나 느린지 당신 생각을 계속하게 만들어요.

나는 당신이 숨김없이 좋습니다. 그래서 항상 생각해요. 머뭇거리
다 놓치는 인연이 되지 않기를 바란다고. 앞으로도 여전히 당신을
지금처럼 사랑할 거라고.

행복이 무엇인지 사랑이 무엇인지 깨닫게 해준 당신이 나는 숨김
없이 좋습니다.

사랑해

마음에서 힘겹게 꺼내어 놓은 말.
수차례 외치고 싶었지만 못했던 말.

세상의 온갖 단어를 가져다 붙여도
다 표현할 수 없을 만큼 큰 감정들.

이 말에 이유 따윈 필요 없는
당신을 사랑해요.

보름달

어두워지자 머리 위로 보름달이 떠올랐어요. 몇 시간이 흘렀는지 도 가늠할 수 없을 만큼 꽤 오랫동안 달 아래 앉아 있었죠. 서로의 시선이 닿는 곳에 있던 별자리를 더듬어보기도 했고, 옆에 있던 서 로의 손을 감싸보기도 했어요.

달을 바라보듯 서로를 바라보았고, 우리가 서로에게 지닌 마음을 사랑이라고 불렀습니다.

제겐 모든 것에 다듬어지지 않았던, 그래서 서툴기만 했던 그 시절
을 함께한 친구들이 있습니다. 말로는 형용할 수 없을 만큼 황홀한
추억을 함께했던 그때.

하루는 점심을 먹고도 조금 채워지지 않던 허기를 달래기 위해 학
교 정문 밖에 위치한 편의점에 다녀오려고 친구들과 몰래 담을 넘
었습니다. 들키지 않으려 고양이처럼 앞발에 온몸의 힘을 실어 필
사적으로 조용히 그리고 최대한 신속히 움직였어요. 심장은 요동
치는데 입가에 미소는 떠나질 않았죠. 그 상황이 꽤 스릴 있었거든
요. 갖은 노고 끝에 얻어낸 햄버거와 갖가지 군것질거리들. 세상 그
어떤 음식보다 맛있었습니다. 음식을 먹기보단 행복을 먹는 것 같
았어요. 또 싸우기는 얼마나 많이 싸웠는지 모르겠습니다. 지금 생
각해보면 유치할 수도 있는 이유들. 그런 이유들 때문에 수없이 멀
어지고 또 화해하고 그러면서 사이는 더 단단해졌어요. 처음 사랑
을 하던 친구를 신기해하고, 첫 이별에 가슴 아파하던 친구의 등을
토닥여주기도 하고, 어깨너머로 들었던 진부하지만 진심 섞인 위
로를 건네기도 했습니다.

학생 신분이라 넉넉하지 않던 주머니 사정에 먹을 수 있는 음식들은 한정되어 있었지만 온 하루를 웃으며 떠들 수 있고 행복할 수 있었던 그때. 그런 친구들이 여전히 내 곁에 있습니다. 서툴던 날들을 함께한 사람들이 이 친구들이어서 얼마나 감사한 일인지 새삼 느끼는 중이에요. 그때와는 나이도 달라졌고 세상이 주는 상처에, 상황에 많이 변했을지도 모르겠습니다. 그럼에도 변치 않는 사실 하나, 여전히 내 친구들이라는 것. 서로의 삶에 서로가 있다는 것. 나를 가장 잘 알고, 나를 드러내기에 거리낌이 없는 편안함. 언제까지고 내 편이, 네 편이 되어줄 거라는 확신만큼은 변치 않는 사실이었습니다.

이젠 너무 잘 알아요. 늘 곁을 지켜준다는 것은 절대 쉬운 일이 아니라는 걸요. 그런 어려운 일을 곁에서 묵묵히 해주는 이가 있다면 말해주세요. 곁을 지켜줘서 참 고맙다고, 앞으로도 잘 부탁한다고.

열심히 준비하던 일도 하루아침에 두 동강이 날 수 있다는 것을 나는 이제 알아요. 뾰족한 상처도 결국 닳고 닳아 둥글어진다는 것도, 빼꼼히 훔쳐본 세상은 시리도록 차갑지만 그 세상 안엔 돌아갈 따뜻한 집과 당신의 품이 있다는 것도, 그토록 질리게 들었던 말들이 사실은 사랑 가득한 당신의 걱정이었다는 것도 알게 되었습니다.

아버지, 전 이제 세상을 조금은 알 것 같습니다. 이젠 아버지의 말씀을 모두 이해할 수 있을 만큼 어른이 된 것 같아요. 빠르게 흘러가는 세상 속도에 얽매이지 않고, 천천히 스스로의 속도에 맞춰 세상을 살아가겠습니다.

걷기 좋은 계절

내가 사는 곳에는 걷기 좋은 산책로가 많다. 넓은 강 앞에는 캠핑장이 있는데 따뜻한 계절이 찾아오거나 여행하기 좋은 계절이 되면 이곳은 많은 사람으로 붐빈다. 저마다 다른 풍경을 가진 사람들. 아빠가 아들의 자전거 뒤를 밀어주며 혼자 탈 수 있도록 묵묵히 뒤에서 지켜주던 풍경, 손을 잡거나 팔짱을 끼고 걷는 연인들. 너 나 할 것 없이 모두가 사랑스러운 풍경들이다.

걷기 좋은 계절이라는 이유 하나로 당신의 손을 몇 번이고 잡았다. 걷기 좋은 계절이라는 이유만으로 "사랑한다, 사랑한다." 지고 있는 붉은 노을을 보며 수도 없이 말을 건넸다.

오늘 우리 그곳에서 만나자.
걷기 좋은 계절이 달아나기 전에
마음껏 사랑을 하자.

사랑한다. 사랑한다.
당신을 사랑한다고.

예쁜 모습

당신에겐 가장 예쁜 모습으로 기억되기를 바라요. 함께했던 날들
은 분명 행복한 시간이었고, 사랑할 수 있어서 참 다행이었다고 기
억해줘요. 비록 가벼운 안부조차 묻기 힘들 만큼 어려운 사이가 되
어버렸지만요.

그때의 당신은 나를, 나는 당신을 진심으로 사랑했다고 서로가 그
렇게 기억해줬으면 좋겠어요.

눌러 담고 싶었던 마음

아마 지워지지 않을 만큼, 딱 그만큼만 당신을 마음속에 꾹꾹 눌러 담고 싶었는지도 모르겠다. 너무 오래되어 늘어진 테이프처럼 돌이킬 수 없는 시간들이지만 좋았던 장면들과 사랑하는 것들이 많았던 그때의 기억이라도 가져가 보려고, 그렇게라도 당신을 추억하려 애썼는지도 모르겠다.

우주

당신 얼굴 한번 떠올렸을 뿐인데
온 우주가 내게로 쏟아졌다.

사랑한다는 말 한마디 들었을 뿐인데
그 한마디에 나는 당신에게
한없이 무너지고 있었다.

내가 어릴 적 아버지는 상당히 무서운 분이었다. 무섭다는 말은 화가 났을 때의 모습을 말하는 것이다. 평소에는 활짝 웃으시면 그렇게 상냥할 수가 없는데 두 살 터울인 오빠와 싸움을 한 날이면 집에선 불호령이 떨어졌다.

예전에 살던 집 마당에는 굵기별로 나란히 놓인 회초리가 있었다. 싸움을 한 날엔 오빠와 나를 마당으로 불러내 다양한 굵기의 회초리를 바닥에 깔아 놓고 선택하라고 하셨다. 오빠는 면적이 굵은 매가 차라리 더 낫다며 굵은 회초리를 선택했고, 나는 어린 맘에 그래도 덜 아프고 싶어서 얇은 회초리를 선택했다.

그러고 난 다음에는 서로의 매 수를 정해주어야 했다. 오빠는 내가 맞을 매 수를, 나는 오빠가 맞을 매 수를. 그 와중에도 서로가 얄미워 과감히 "열 대!"라고 외칠 정도였으니 어릴 때는 유치한 걸로 참 많이 싸웠다.

아버지는 우리가 말한 수만큼 회초리를 사용하셨다. 너무 아파서 한 대 맞을 때마다 두 발을 동동 굴렀다. 맞은 자리가 너무 아파 베

개에 얼굴을 묻고 꺼이꺼이 울다 지쳐 까무룩 잠이 드는 날이면 아버지는 몰래 방문을 열고 들어와 종아리에 남겨진 매 자국을 쓸어내리셨다. 그러고는 약을 발라주시며 작은 한숨을 함께 쉬시곤 했다. 때리는 부모 마음이 더 찢어진다는 말이 있듯이 그때 알지 못했던 한숨의 뜻이 아버지의 아픔이었다는 걸 그로부터 시간이 좀 지난 후에야 알게 되었다.

그때보다 많이 커버린 지금, 아버지와 나는 키가 5센티미터밖에 차이가 나지 않는다. 어릴 때 아버지는 하늘보다 커 보였는데 요즘 들어 바라보는 아버지의 모습은 왠지 어깨도 더 내려가신 것 같고, 주름도 많아지셨고, 그리고 보이지 않던 아버지의 아픔도 함께 보인다.

하늘 같던 아버지가 어느 순간 거리에 핀 꽃처럼 가까운 거리에서 날 바라보신다. 높기만 했던 아버지의 품이 이젠 내 품으로도 다 감싸 안을 만큼 가까워졌다.

숱한 삶의 기로에서 바른길로 걸어가게끔 잡아주시던 아버지. 감히 다 갚지도 못할 사랑으로 키워주신 나의 아버지. 표현에 인색한 딸이라 평소 사랑한다는 말을 잘 하지 못하고 살았지만 매기지 못할 만큼의 사랑으로 늘 사랑하고 또 사랑하고 있습니다. 아프지 않으셨으면 좋겠어요. 제가 욕심이 많은가 봅니다. 아직 아버지의 사랑이 많이 필요한 걸 보면. 그러니 건강하게 오래오래 우리 곁에 머물러주세요. 사랑합니다, 아버지.

가장 행복할 자신

온 세상을 통틀어서 가장 행복하다고
자신할 수 있다.

내가 사랑하는 사람이 여기 있고
나를 사랑하는 사람이 여기 있으니까.

참 아름답더라. 그 청춘의 시간을 함께 지나온 날들이. 별거 아닌 일에도 웃고 울고 그랬던 날들이.

그런데 나이가 들어가니 점점 웃음을 잃어가는 것 같아. 그 시절 우리가 느꼈던 그런 감정들이 시간이 지나니까 그리워지고, 우리 사이는 여전하지만 어딘가 마음 한구석이 왠지 모르게 시린 날들이 있어. 아마 어른이 되어가는 중인가 봐. 어른이 되어가니 삶에 지쳐 보이지 않던 현실의 문제들이 하나둘씩 보이기 시작하더라. 그래서 웃음을 잃어가는 중일지도 몰라.

하지만 그럼에도 너희가 있어 난 기쁘다. 웃음을 잃어갈 때면 너희가 내 웃음이 되어줄 거고, 내가 울면 운다고 옆에서 놀려대겠지. 그런 모습에 난 어이없어 웃을 게 뻔하고.

참 다행이다.
너희에게만은 온전히 나로 남을 수 있어서.

몇 번을 외쳐도 사랑스러운 말

바스락바스락 소리가 나는 계절이 얼른 다가왔으면 했다. 굳이 색을 입히지 않아도 알아서 세상에 색이 입혀지는 날들이. 조금 번거롭긴 해도 외투를 걸치고 밖으로 걸어 나서야 하는 계절이.

당신과 걷는 길은 빛을 내려 하지 않아도 빛이 났다. 그러다 걸음을 멈춰 가슴팍에 얼굴을 묻으며 끌어안고는 당신을 바라보면서 미소 지었다. 사랑한다는 말을 자주 내뱉었다. 어느새 입에 달고 사는 말이 될 정도로.

오늘은 머리 위로 유독 밝은 별자리 하나가 떴다. 그 자리를 가리키며 별자리가 너무 예쁘다는 사소한 이야기를 나누었다. 평범한 상황들이 당신으로 인해 특별한 기억이 되었다.

좋아하는 계절이 다가오고 있다. 그 계절엔 여느 때와 다름없이 내 손을 당신이 잡고 있었으면 좋겠다.

사랑 앞에선 늘 주저하던 나였는데, 당신이 내민 한 걸음에 용기 낼 수 있었어. 난 외로움이 가득해서 사랑받는 것에, 사랑하는 것에 상당히 서툰 사람이었어. 그런데 어느덧 당신이 주는 사랑에 익숙해져 있더라. 받은 사랑을 따뜻하게 돌려주는 방법도 알게 해줬지. 비록 지금은 곁에 머물러 있지 않게 되었지만, 함께한 모든 것이 사랑이었던 그때.

그 계절 어디쯤 당신이 있을까. 잊어버리기엔 너무 가까웠던 사람이라 함께하기엔 이미 너무 먼 거리를 와버려서, 추억하는 것 말고는 방법이 없는 지금. 영원히 기억에서 머물 사람. 심장에서 빠져나간 사람. 사랑이라는 말이 충분히 어울렸던 사람.
아직도 새벽이 당신이다.

흉몽

간밤에 꿈을 꾸었어요. 당신이 아득히 먼 곳으로 사라져버리는 꿈
이었죠. 잠에서 깨어난 내가 어린아이처럼 엉엉 서럽게 울기 시작
해요. 고작 꿈을 꾼 것뿐인데 마음이 너무 아팠거든요. 그렇게 한
참을 울다 눈물이 어느 정도 말라갈 때쯤 난 생각해요. 정말 당신이
눈앞에서 어느 날 갑자기 먼지처럼 사라져버린다면, 사랑이 없어
진다면 어떻게 될지.

핸드폰을 들어 전화를 걸었어요.
무서웠거든요.

지금 곁에 있는 당신조차도 꿈일까 봐.

그런 사람이 있다. 속에 꼭꼭 감춰두고 밖으로 꺼내지 못했던 말들을 단숨에 세상 밖으로 꺼내게 만드는 사람이.

어릴 적 나는 내 이야기를 많이 하는 사람이 아니었다. 항상 친구들과의 만남에선 말하기보단 들어주던 쪽이었고, 내 이야기를 꺼낸다는 것 자체가 나에겐 부담이어서 그렇게 늘 듣는 쪽을 택했던 것 같다. 삶 자체가 롤러코스터같이 들쑥날쑥함의 연속이어서 한없이 웃다가도 끝없는 절망 속으로 빠질 때도 있었다. 그런 경험들을 겪어내다 보니 자연스레 속에 쌓이는 것은 언제 생겼는지도 모를 묵은 상처들이었다.

그럼에도 불구하고 역시 사람은 사람으로 바뀐다는 말은 정말이었다. 속 얘기를 잘 꺼내지 못하던 내가 어느새 지금 친구들에게 아프면 아프다 말하고, 울음이 나오면 참지 않는 사람이 되었다. 하루를 다 참아내다가도 일과 끝에 친구들 얼굴을 보게 되는 날에는 굳이 노력하지 않아도 자연스레 속 이야기를 꺼내어 아픔을 덜어내는 모습을 볼 수 있었다.

내 곁에는 그런 사람들이 머물러 있다. 굳이 말을 하지 않더라도 얼굴 표정만으로 기분 상태를 알아주는 사람들이. 그럴 땐 말없이 안아주며 토닥여줄 따뜻한 사람들이.

티격태격 바람 잘 날 없던 어린 날의 일상엔 늘 두 살 터울인 친오빠가 있었다. 삼남매인데 위로는 오빠 한 명, 아래로는 네 살 차이가 나는 여동생이 있다. 어릴 적부터 세 명이서 참 잘 놀러 다녔다. 온 동네를 헤집으면서 놀았고, 흙과 나무, 담벼락 등 세상의 모든 것들이 우리들의 장난감이기도 했다. 함께 있는 시간이 길었다는 건 그만큼 다툼도 잦았다는 말이 되겠다. 이상하게 오빠와의 다툼은 이루 말할 수 없을 정도였다. 조그마한 것에도 감정이 상해 큰 소리를 지르며 물건을 집어던지기도 했으니까. 앞서서 이미 한 번 말했지만 그렇게 한동안 싸우다 보면 일하고 돌아오신 아버지의 불호령이 있었다. 둘이 무릎을 꿇고 앉아 고개를 반쯤 숙인 상태로 다툰 이유를 아버지께 설명해야 했다. 서로의 설명이 끝나면 우리는 마음에도 없는 사과를 얼굴을 마주보며 해야 했고, 그렇게 다툰 날이면 몇 시간을 서먹해했다.

자라면서 다투는 일들이 줄어들었다. 좀 더 사실적으로 말하자면 대화를 나누는 일이 일상에서 줄어든 것이다. 학교를 마치고 돌아온 오빠가 내게 건네는 말은 "아빠는?", "밥은?" 두 마디가 전부였다. 나도 오빠에게 건네는 말은 "밥 먹을 건데 먹을래?"가 다였다.

딱히 사이가 멀어질 만큼 감정이 상해서가 아니었다. 그냥 각자 중학교, 고등학교에 들어가면서 관심 분야, 하루 일과가 달라졌기 때문이었다.

오빠가 처음 군대를 간다고 집에 이야기를 하던 날, 부모님은 먹먹한 감정을 다잡고 잘 다녀오라는 말을 건넸다. 나도 뭐라고 이야기를 하기는 해야 하는데 딱히 뭐라 할 말이 없어서 오빠에게 딱 한마디 건넸다. "잘 다녀와."

내 말에 오빠는 옅게 웃으면서 집 잘 지키고 있으라는 말만 남긴 채 떠났다. 이건 처음 말하는 거지만 그날 집안에서 한 명이 사라져버린 빈자리는 꽤 컸다. '인사를 건넬 때 좀 더 따뜻한 말을 해줄걸.' 하는 후회도 했고, 생각보다 오빠를 많이 아끼고 있었다는 것을 그때 깨닫기도 했다.

지금은 오빠와 한 집에서 살고 있지 않다. 직장이 타 지역에 있기 때문에 그곳에서 오빠는 혼자 생활하고 있다. 하루는 혼자 사니까 외롭지 않냐는 질문에 오빠는 주변에 친구들과 챙겨주는 형님들이 많아서 외로울 틈이 없다고 말했다. 그나마 다행이라며, 잘 지내서 참 다행이라는 말을 건넸다.

어른이 되었다. 죽을 힘을 다해 싸워대던 어린아이 두 명은 이제 혼자서 세상을 살아갈 수 있을 만큼 자랐다. 어쩌다가 전화 통화를 하게 되는 날엔 좀 더 깊은 안부를 묻는 일도 많아지게 되었다. 밥은 잘 챙겨 먹고 다닐까, 아픈 곳은 없을까, 혹시 힘든 일이 있는데 말을 안 하는 게 아닐까. 걱정하는 것도 늘어났다. 그래서 전화로 별일 없냐는 말을 자주 꺼낸다. 정말 별일이 없으면 다행이지만 그런 말끝 뒤에 왠지 모를 한숨이 느껴지는 날이면 한마디 더 꺼내어 묻기도 했다.

"진짜 별일 없는 거 맞지?"

삶을 살아내는 것이 얼마나 고달프고 힘든 건지 잘 아는 나이가 되었다. 그럼에도 불구하고 나의 가족은 더 이상 아프지 않았으면 좋겠다는 생각을 한다. 세상에 하나뿐인 가족이니까. 내 사람들이 늘, 꾸준히 행복했으면 좋겠다. 어쩔 수 없는 아픔이 찾아왔을 땐 술 한 잔 같이 기울이며 다 털어버렸으면 한다. 그렇게 우리 가족 모두가 행복해진다면 더 이상 바랄 것이 없을 거라고. 예쁜 것만 보고 좋은 것만 듣는 그런 세상을 살아갔으면 좋겠다.

고맙다, 정말

손에 쥐었던 모든 것을 잃은 날.
떠나가던 수많은 사람들 사이로
굳건하게 내게로 걸어와 주었던 사람.
두 번은 만나기 어려운 그런 소중한 사람들이
있었기에 넘어져도 다시 일어설 수 있었고
상처받은 마음이 나을 수 있었다.

많은 상처를 받았어도 괜찮다.
그 상처를 이겨낼 힘이 내게는 있으니까.
소중한 사람들이 곁에 머물러 있으니까.

고맙다,
정말.
고마워.

기적

내가 좋아하는 사람이 나를 좋아해주는 건 기적이라는 말이 있다. 당신을 처음 만난 날을 기억해. 그날도 오늘같이 조금은 쌀쌀한 날이었는데 찻잔 너머로 보이는 당신의 수줍음이 참 귀엽기도 했고, 그러다가 내 말에 옅은 웃음을 짓는 당신 모습에 설레기도 한 날이었지. 아마 그날부터였나 봐. 당신을 마음에 품게 된 것이.

하루하루가 당신으로 가득 채워졌고, 새벽이 다 지나도록 전화는 끊어질 줄을 몰랐어. 그러다 먼저 잠이 든 당신의 숨소리를 들어보는 일. 그 숨소리를 들으며 같이 잠드는 일. 사랑이라면 꼭 우리를 두고 하는 말 같았지.

나 요즘 당신 덕에 너무 행복해.
내게 꼭 기적 같은 당신을 너무 사랑하고 있어.

가을

기다렸던 계절이다. 낙엽 소리가 듣고 싶어 두 계절을 기다렸지 뭐야. 참 좋아하지, 가을을. 누군가의 왜 가을을 제일 좋아하냐는 말에 나는 잠시 생각에 잠겼어. 그러고는 누구를 떠올렸는지 알아? 그 찰나의 순간에 머릿속으로 스쳐 지나간 단 한 사람.

당신이었어.

복잡한 마음을 정리해주겠다며 이른 아침, 함께 청량산에 올랐던 거 기억나? 깊은 산속, 전날 밤 내린 비에 축축해진 비탈길을 열심히 걸었지. 그러다 너무 힘이 들어 뒤처지면 당신은 어김없이 내 손을 잡아끌어주며 다독였어. 조금만 힘내라고, 곧 정상이라고 말하면서.

가빠진 호흡, 점점 높아지는 경사. 중간에 포기하고 싶었는데 그래도 정상에서 아래를 내려다보고 싶은 마음이 더 컸었나 봐. 버티고 버텨 올라간 정상. 정말 황홀했어. 내려다본 풍경에는 말로는 다 담기 힘들 만큼의 아름다움이 퍼져 있었지. 우린 한참 동안 단풍으로 뒤덮인 숲의 아름다운 경치에 도취되어 있었어.

정말 신기하게도 거짓말처럼 복잡한 마음이 한순간에 정리가 되더라. 그런 큰 아름다움에 내 걱정은 한낱 먼지같이 작은 것임을 알게된 거야. 미처 보지 못했던 붉게 물든 단풍나무를 보면서 가벼운 발걸음으로 내려왔지.

내게 가을은 당신이었어. 그래서 유독 이 계절을 그리워하며, 사실은 가을을 기다린 것이 아니라 당신과의 추억이 담긴 계절을 기다렸는지도 모를 일이지. 지나 보니 알겠어.

참 예쁜 기억이 많은 사랑이었다는 걸.

왜 나는 당신을 놓지 못해서 그 긴 세월을 미련 속에 살았는지. 헤어진 지 수년인데 아직도 가끔 당신이 생각나곤 해. 자주 가던 근처 포장마차, 밝은 달빛 아래를 함께 손을 잡고 걸었던 공원, 매일 서로의 끼니를 걱정해주던 메시지. 가져온 우산을 일부러 잃어버려야 했던 비가 쏟아지던 학교 앞. 서로가 좋아 죽겠다는 표정으로 바라보던 시간들. 삶의 전부였던 순간들이 나를 물러지게 만든다. 앞으로 나아가지 못하고 계속해서 과거로 돌아가게 만들어. 정말 아픈 건 당신은 나를 다 잊었다는 사실이지. 그때의 따뜻함을, 그때의 사랑을 나만 여전히 쥐고 사는 것. 당신을 놓지 못하는 내 마음이 울고 싶게 만드는 새벽이다. 잘 지내고 있냐는 한 번의 물음이 간절한 시간.

그 한 번의 물음조차 허용되지 않는 아주 슬픈 시간을 나는 살아가고 있어.

돌아가서 다시는 돌아올 수 없는 곳으로

사이가 아주 좋아 보이던 노부부가 있습니다. 그 수십 년의 세월에도 굳건히 사랑을 이어온 사람들. 한눈에 보기에도 사랑이 넘쳤어요. 서로를 바라보는 눈에는 애틋함마저 보였으니까요. 어딜 가든지 함께였더랍니다. 어린아이가 길을 잃을까 싶어 엄마 손을 꼭 잡고 길을 걸어 다니는 것처럼 두 분은 잡은 손을 놓지 않았습니다. 아마 할머니의 거동이 불편했기 때문이겠지만 그마저도 사랑이었으니까요.

늘 함께 다니시던 두 분이었는데 오늘은 왠지 할아버지께서 혼자 약국을 방문하셨습니다. 약사는 물었어요.

"오늘은 왜 혼자 오셨어요? 할머니는 왜 같이 안 오시고요?"

약사의 말에 할아버지는 웃으며 멀리 여행 갔다는 말을 하셨어요. 왜 같이 안 갔냐는 말에 할아버지는 조금은 쓸쓸한 미소를 지으며 말씀하셨습니다. 그곳은 함께 갈 수 없는 곳이라고. 함께 가고 싶은 마음은 굴뚝같은데 마음 급한 할머니께서 먼저 여행을 떠나셨다고. 할아버지의 말씀을 그제서야 눈치 챈 약사는 당황스럽고 놀란 마음으로 할아버지에게 위로의 말을 전했습니다. 멀리 떠나서 많이 슬프시겠다며. 약사의 말에 할아버지는 옅은 웃음을 지으시며 말씀하셨어요.

"이미 떠난 사람, 멀리 떠나가야지. 돌아가서 다시는 돌아올 수 없는 곳으로. 잊어야 하니까."

수십 년을 사랑한 사람을 어쩔 수 없는 일로 멀리 떠나보내야 할 때가 언젠가 모두에게 찾아올 겁니다. 그때 우리는 잘 이별할 수 있을까요. 웃으며 보내거나 떠날 수 있을까요. 어쩌면 사랑보다 후회가 더 많이 남을지도 모르겠습니다. 이미 충분한 사랑을 주었는데도 더 사랑해주지 못한 것 같은 후회. 할아버지의 마지막 말씀이 자꾸만 머릿속에서, 마음속에서 맴돌아 나가질 않습니다. 들었던 문장중 가장 아프면서 뜨거운 말이었으니까요.

당신이 쓰인 글

어떤 문장의 파급력은 이루 말할 수 없을 정도로 강력하다. 마음을 비집고 들어온 문장 하나. 어쩌면 평생을 살게 할지도 모르는 문장 하나. 당신을 만나고 써 내려간 글이 있다. 혼자였던 삶에, 길을 잃어 방황하던 나에게 거짓말처럼 다가와줬던 사람이었다.

불안을 잘 이겨내지 못하던 나는 곁에 있어도 언젠가 떠나지 않을까 늘 걱정을 달고 살았다. 이제껏 수많은 인연에 무너져왔던 사람은 새로운 사람을 만나는 것에 겁이 생기는데, 생각보다 이 겁이 커서 사라지는 데 오래 걸리거나 어쩌면 평생을 안고 살아야 할지도 모르는 일이 된다. 그런 나에게 의지할 기둥을 만들어주던 사람. 나도 모르게 기대하게 되는 사람. 감히 다시 사랑할 용기를 심어주는 사람. 수도 없는 사랑에 속았던 내가, 다시는 사랑 따위는 하지 않을 것이라며 다짐하던 내가 당신을 만나 한 번 더 속아볼 용기가 생기는 것. 그때 다시 또 느꼈다. 사랑 없이 살 수 있는 사람이 있을까.

내겐 마음을 나가지 않는 문장이 있다. 당신이 쓰인 글은 나를 살게 했다. 혼자였던 삶이 따뜻해졌고 늘 쓸쓸히 걷던 거리는 웃음이 가득한 길이 되었다.

당신아, 내일은 계절이 바뀌어버리기 전에 바다를 보러 가자. 올해 마지막 겨울 바다를 보면서 다음 계절을 맞이하는 거야.

곁에 있어줘서 고마워.

그리고 사랑해.

2

달도 외로움을

토해내던

순간들

이별의 문턱

섭섭한 일들이 하나둘 점점 늘어갔다. 하지만 그것들이 너무나도 사소한 것들이라 입 밖으로 꺼내 놓지도 못했다. 이런 작은 것들이 모여 결국 이별이란 문턱 앞으로 데려다줄 걸 알면서도.

불안

그러고 싶지 않은데
너를 점점 조심스럽게 대하게 돼.
그러고 싶지 않았는데
점점 불편한 느낌이 드는 것 같아.

감정이 예전 같지가 않아.
그래서 불안해.
우리의 끝이 다가온 걸까 하고.

계획에 없던 우울

계획에 없던 우울. 그날은 딱 나에게 그런 날이었다. 덮고 있던 이불 속에서 나오기까지 한참이 걸렸던 날. 힘없는 몸을 일으켜 힘없이 물 한 잔 마셨던 날. 그러곤 작은 한숨을 푹푹 쉬어댔던 날.

말라 있던 눈가가 어느 순간 촉촉해져 눈물을 쏟아냈던 날. 서럽게 울다가 소매를 길게 늘어뜨려 그 눈물을 닦아내고 다시 이불 속으로 들어가 한참을 눈 감고 나오지 않았던 날.

그날은 계획에 없던 우울한 날이었고,
긴 사랑이 끝난 다음날이었다.

이름 석 자

당신이 물러간 줄 알았는데 그게 아니었나 보다.
이름 석 자 떠올리는 것만으로도 가슴을 이렇게나 저릿하게 만들
어버리니까.

듣고 싶은 말

거창한 말을 듣고 싶은 게 아니에요.
그냥 오늘 하루 잘 살아내 줘서 고맙다고,
버터내느라 고생했다고,
그냥 다 잘될 거라는 말을 듣고 싶은 거죠.

당신이 두고 간 시간에 남겨진 나

울음을 참아내려고 할 때마다 입술을 꽉 깨무는 습관이 생겼다. 얼마큼 참아냈던 건지 입술이 그만 다 터져 여기저기 상처투성이다. 쓰라린 것이 꼭 내 마음 같았다.

눈을 떠도 눈을 감아도 당신이 가득한데 정작 만날 수 없는 그 아픈 마음을 쥐고서 몇 날 며칠을 울었다. 그러다가 더 이상 울지 않겠다며 입술을 몇 번이고 꽉 깨물었다. 터져 나오는 감정을 억눌러보겠다고, 한번 잊어보겠다고 말이다. 그러다가 뚝, 역시 흐르는 감정은 막을 길이 없더라. 입술을 깨무는 걸로는 역부족이었던 걸까. 당신을 잃고 난 후 찾아왔던 매일 밤, 새벽들이 내겐 소리 없는 울음을 묻어두는 시간이 되었다.

그냥 그 사람이 너무 보고 싶다. 보고 싶다는 말밖에 떠오르질 않아. 사라져갈 사랑에 또 나 혼자 남았다. 당신이 두고 간 시간에 나는 여전히 떠나지 못하고 덩그러니 남았다.

붙잡아둔 추억

당신과 함께한 모든 순간을 붙잡아두고 싶었는지도 모르겠다. 그때가 너무 행복했으니까. 세상의 모든 슬픔을 하늘 위로 날렸던 그때를. 지나온 시간에 미련을 두는 것이 참 바보 같은 일이란 걸 알면서도 혹시나 잊힐까 봐 옛 추억이 담긴 물건을 버리지도 못하고, 서랍 한쪽에 담아두고 혼자서 아파하며 그리워한다. 그렇게라도 기억을, 추억을 붙잡아둔다.

되돌릴 수 있는 시간이었다면 진즉에 되돌렸을 텐데. 정말 끝이라는 걸 알면서도 어린애처럼 떠나간 사람에게 마음으로 떼를 써본다. 돌아와서 그때 그 시간처럼 행복하자고.

그렇게 생각하다 헛웃음이 나왔다. 되돌리기엔 마음이 달라져 있었고 나만 여전한 감정을 지닌 채 사는 거라고. 당신은 당신대로 잘살고 있다는 사실과 다시 함께할 수 없다는 현실을 너무나도 잘 알아서. 결국은 내가 잊어야 한다는 것을 말이다.

온전한 마음

누군가에게 마음을 담는 일은 항상 어려워요.
온전히 좋은 마음만 담기를 바라지만
그러지 못할 때가 더 많거든요.

낡고 닳아빠진 관계에서
희망을 찾는다는 것은
잘못된 길인 것을 알면서도
들어서는 것과 같다.

꿈꾸던 세상

한때는 그 사람이 내 전부였어요. 내 삶이 망가져도 상관없을 만큼 너무 많이 사랑하던 때가 있었어요. 늘 하루의 시작은 그 사람 떠올리는 것부터였어요. 떨어져 있으면 눈에 아른거렸고, 보고 있어도 보고 싶어 그 사람에게서 눈을 뗄 수도 없었죠.

하지만 영원이란 정말 없는 거였나 봐요. 영원을 약속했던 사람이 어느 순간 낯설어졌고, 차가워졌고, 상처를 주고 또 상처를 받기도 했어요. 차츰 멀어져갔어요. 한때는 그 사람이 내 전부였어요. 내 삶이 망가져도 괜찮을 만큼 너무 많이 사랑했어요. 그 사람이 전부였던 세상은 산산이 부서졌고 지금은 곁에 머물러 있지 않습니다. 헤어진 날엔 내가 꿈꾸던 세상이 없어진 날이라서 한참을 울었던 것 같아요. 그날은 마음을 다잡을 힘도 없어서 그냥 있는 힘껏 목이 아프도록 그렇게 하염없이 눈물만 흘렸어요.

허상

보고 싶고 그리운 이의
모습이 아른거린다.

진해진 그리움에
눈앞에 보이던
이는 늘 밝은
미소를 띠고 있었다.

그동안 못다 한 이야기를 전했다.

보고 싶었던 그동안의 설움이
복받쳐 파도처럼 밀려와
감당할 수 없을 만큼의
울음을 쏟아내기도 한다.

그렇게 한차례 감정이
끓어오르고 나면
어느 순간 사라진다.

아무것도 없었던 것처럼.

가장 답답한 순간

가장 답답한 순간은 분명 우울한 느낌이 드는데도 정확한 원인을 모를 때다. 도통 출처를 알 수 없는 기분이 드는 날의 연속이다.

이렇다 할 이유도 없이 피곤하고, 지치고, 힘이 빠진다. 날이 어두 워지는 것이 두렵기도 한 요즘, 가장 답답한 순간이다. 가늠조차 되질 않아 마음에 멍이 계속해서 커지는 느낌. 지치지 않는 삶을 살았으면 좋겠다. 소박하더라도 매일 웃으면서 살았으면 좋겠다.

소나기

일기예보에 분명 없었던 비 소식인데 밖은 온통 갑자기 찾아온 소나기로 인해 젖어버렸습니다. 갑자기 내린 비는 저를 당황하게 합니다. 피할 새도 없이 잔뜩 쏟아지고서는 언제 내렸냐는 듯 금방 또 그쳐버리니까요.

하늘은 맑아졌고 거리에 우산을 폈던 사람들이 다시 우산을 고이 접는 모습을 볼 수 있었어요. 하지만 미처 우산을 챙기지 못한 사람들은 옷이 젖어 미간엔 짜증스러운 표정이 그대로 드러났습니다.

당신은 내게 갑자기 찾아온 소나기 같은 사람이었습니다. 준비되어 있지 않은 마음에 갑자기 찾아와 당신을 한껏 쏟아내고는 금세 사라져버렸으니까.
당신은 그쳐서 더 이상 내리지 않는데 내게는 당신이 다녀간 흔적이 진하게 남아 배회하곤 합니다.

소나기 같던 당신이 언제 또 갑자기 쏟아지진 않을까. 그래서 당신이 내게 더 진하게 남진 않을까. 나는 또 생각합니다. 이 소나기가 다시는 내리지 않기를 바라면서.

내 전부를 줘도 아깝지 않을 만큼 사랑했던
사람이 하루아침에 남이 될 수도 있다.

한 치 앞도 가늠할 수 없는 것이 인생이다.

그녀

맑았던 날씨에 설레다가 시간이 좀 지나니 금세 어두워진 것을 보고 한숨을 연거푸 내쉰다. 왜 밝은 것과 어두운 것은 공존하는 걸까. 밝은 곳에서만 살고 싶다는 생각이 그녀의 머리에 한가득 들어섰다.

"나 버리지 않을 거지?"
"내 곁에서 멀어지지 않을 거지?"

유독 어두웠던 시간이 많았던 그녀. 새로운 사랑을 할 때면 꼭 한 번씩 내뱉던 질문이었다. 멀어지지 않을 거라고, 결코 버리지 않을 거라고 그녀를 위로하는 그. 하지만 그의 위로에도 마음을 진정시킬 수 없었던 그녀는 그를 꼭 안으며 눈을 감았다. 놓칠까 싶어 두 손을 꼭 잡고.
상처가 많았던 속이 짓물러 터진 날이었다.

날선 기억

버려진 기억은 언제나 날이 서 있다. 미처 쓰다듬지도 못했던 어린 사랑. 숟가락에 들러붙은 뭉개진 밥알처럼 잘 떨어지지도 않는다. 여러 사랑이 있었지만 나는 어린 날의 사랑이 유독 아프다. 성숙하지 못했던 그때의 나. 후회로 남은 순간이 대부분을 차지했다.

버렸다고 생각한 사랑이 사실 버려지지 못하고 가슴 한편에 쌓여간다. 흘러갈 계절이 다시 멈춰 선 채 과거로 자꾸만 되돌아간다.

골목 어귀를 돌아 돌아올 수 없는 방향으로 걸었다. 꿈결에서도 보지 못했던 상황들. '우리'에서 '각자'가 되어버린 습기 가득 찬 시간. 엉켜 있던 오해의 실타래는 결국 풀리지 못했고 현실이 가져다준 헤어짐의 무게가 꽤 버거웠던 날이었다. 목구멍을 타고 올라온 필연이라는 말을 자주 뱉었다. 영원이라는 단어를 좋아했고 진심을 다한 날들뿐일 거라, 죽음도 갈라놓지 못할 사랑이 바로 우리일 것이라고 믿었는데. 무얼 믿고 그토록 의심 없이 마음을 놓았던 건지. 이렇게 변해버릴 사랑이었는데.

집으로 돌아가는 지하철 안에서 목놓아 울었다. 아이가 부모를 잃어버린 것처럼 그렇게 종점까지 서럽고 아픈 눈물을 흘렸다. 그토록 사랑한 현재가 과거가 돼버리는 순간, 불행은 시작된다. 언젠가는 잊힐 거라는 진부한 위로에 기대 견뎌내야만 하는 지금.

그렇겠지.
언젠가는 잊힐 거야.
다만 난 지금이 힘들 뿐인 거고.

흔적

덕지덕지 눌어붙은 자국이
지워지질 않는다.

박박 문질러 씻어내어 보지만
흐릿하게 흔적이 남는다.

참 쓸데없이 진하게 눌어붙은
그 흔적들이 신경 쓰이는 밤이다.

이별은 언제나 아픔을 동반한다

숨을 내쉬고 다시 들이마시는 그 찰나의 순간에도 당신은 단골손님마냥 방문하여 나를 힘들게 했다. 그 숨은 나를 늘 벅차고 답답하게 만들었다. 이별은 언제나 그랬듯 예기치 못한 상황에 찾아왔고 나를 미련 덩어리로 얼룩지게 만들어버린다. 이별은 그 후가 문제다. 그 이후에 삶이 처참해진다는 것이다.

아직도 누군가와 삶을 공유하던 기억이 남아 있다. 이별 후엔 그 기억에 대한 미련과 사랑을 버리고 다시 내 삶을 살아가야 하는 거지만 머리로는 정리가 되는데 마음이 되질 않는다. 마음을 컨트롤하기란 쉬운 일이 아니니까.

자연스레 끼니를 거르는 일들은 일상이 되어가고, 수도꼭지가 고장 난 듯 뚝뚝 흐르는 건 눈물일 것이다. 어디를 가나 그 사람과 함께했던 장소들만 눈에 들어올 것이고 심장을 옥죄듯 뜯어오는 아픔을 참아내느라 하루하루가 곤욕이 된다.

이별은 언제나 아픔을 동반한다. 그 이별을 이겨내는 것은 오롯이 자신의 몫이다. 한 번 사랑에 상처받은 우리가 새로운 사랑을 겁내는 이유는 같은 상처를 반복할까 봐. 혹시 이별이 다시 내게 찾아와 힘들어질까 봐. 그래서 사랑을 겁내는 사람들이 많아지는 걸지도 모를 일이다.

사라지기를

그날엔 한차례 거센 비가 쏟아졌고 빗줄기는 곧 창을 깰 듯이 날카로웠다. 왜 하필 오늘 이렇게 비가 쏟아지는 거냐며 하늘을 향해 삐죽거리는 마음을 내비치기도 했다. 한동안은 내리지 않기를 바랐다. 지금 상황에 비까지 내리면 마음이 견뎌낼지 의문이었으니까.

괜찮아지려고 글을 썼다. 글로 아픈 감정을 풀어내면 종이로 다 옮겨질까 하고. 나를 위해, 너를 위해 꾸준히 그리고 아프게 글을 써 내려갔다.

당신이 나 없는 세상에서도 충분히 행복해졌으면 좋겠다. 당신이 없는 세상에서도 내가 충분히 행복해졌으면 좋겠다. 비가 그치면 그리운 마음도 말끔히 사라지기를. 이젠 말갛던 당신 미소를 볼 수 없어도 잘 살아갈 수 있기를 바랄 뿐이다.

마침표

쉼표가 아닌 이젠 정말 마침표를 찍어야 할 순간들이 왔음을 알고 있다. 재깍재깍 시계 흐르는 소리가 우리를 기억 저편으로 데려다 준다. 사랑했던 기억들, 베갯잇 적셔가며 서럽게 울었던 상처가 된 순간들.

서로에게 지쳐가던 날들을 거쳐 비로소 끝을 내야 할 순간까지 왔다. 그런데 참 웃기다. 수백 번 생각했던 끝의 모습인데 생각만큼 시원하지 못하다. 입 밖으로 튀어나온 "그만하자."라는 말이 가슴을 쿵 내려앉게 만든다. 역시 누군가와의 헤어짐이 그리 간단할 리 없었다.

하얗게 부서지는 겨울, 매무새를 고치고 나서는 카페, 씁쓸한 마지막 인사와 함께 등 돌린 당신과 나. 세월의 하중이 발목을 붙잡는다. 그럼에도 불구하고 끝은 다가와야만 한다. 미래가 보이지 않는 사랑을 이어간다는 것은 불행을 안고 살아가는 것과 다름없을 테니까.

그러니까 우리 좀 힘들더라도 절대 연락하지 말기로 하자. 독주 몇 잔으로 서로를 잊어보자. 허전함과 아픔은 어쩔 수 없이 거쳐 갈 감정선일 테니 휘둘리지 말고 끝을 인정해보는 거야. 그렇게 서로를 잊자.

위낙에 웃음이 많던 사람. 작은 문장 하나에도 배를 잡고 웃어대던 즐거움이 많은 사람이었고, 고민을 말하기보다는 늘 들어주는 쪽이었고, 다독임을 받기보다는 다독여주던 사람이었다.

"너는 힘든 순간이 언제였어?"

늘 위로를 받기만 하던 나는 그 사람에게 질문을 했다. 내 물음에 그는 어쩌면 매 순간순간이 힘들었을지 모르겠다는 대답을 했다. 의외의 대답이라 생각하다가 이내 생각을 바꿨다. 그럴 수 있겠다고, 밝고 맑기만 하던 그에게도 힘듦은 분명 있었다. 늘 웃음으로 일관해서 알지 못했을 뿐이지. 그에게도 담담한 표정으로 삼켜냈던 슬픔이 있음을 알지 못했다.

그는 그랬다. 슬픔의 무게가 클수록 웃음으로 그 무게를 가리기 위해 큰 웃음을 지어야 했고, 상대의 고민을 들어주면서도 자신의 고민은 더더욱 숨기고 드러내지 않았다. 말해봐야 해결될 고민도 아닐 뿐더러 굳이 꺼내서 다시 그 상처가 된 순간들을 기억하는 것이 스스로를 더 지치게 한다는 걸 아주 잘 알고 있었으니까. 뭉툭해진 마음의 밑이 닳고 닳아가면서도 웃으면 가려지겠거니, 웃으면 상황이 나아지겠거니 하고 늘 마음과 다른 표정을 지었다. 찰나의 순간에 입가로 새어 나오는 작고 조용한 숨을 간신히 가려가며.

미련한 사람

글쎄, 잘 모르겠다. 과거에 집착하는 이유가 무엇이었는지. 지나온 모든 순간을 후회하는 건 아니지만 생각해보면 덜컹 내려앉게 만드는 일이 두어 개쯤은 있는 것 같다. 그것이 어떤 인연이 지나갔을 때거나, 가장 아끼는 물건이 버려졌을 때거나. 정확히 잘 기억은 나지 않지만 분명 있었다. 그런데 이게 집착인지는 잘 모르겠다. 살다 보면 놓으려 해도 놓이지 않는 것들이 있다. 마음에 깊이 박혀 미처 빼내지도 못하고 아물었다고 생각한 마음이 어느 순간 벌어져 아프게 만든다. 확 놔버리고 싶다며 차라리 기억 상실증에라도 걸린다면 참 편할 거라고 생각한 날도 적지 않았다. 다른 사람들도 나와 같은지 그것도 잘 모르겠다. 내가 남들에 비해 미련한 사람인지도.

손에 쥔 과거가 오늘을 또 아프게 만든다는 걸 알면서도 잘 놓지를 못한다. 내가 가진 고질적인 문제다. 가끔은 삼일 전 일도 잘 기억하지 못하는 내 친구 녀석이 부러울 때가 많다.

쉽게 기대해버리는 것. 감당하지도 못할 거면서 잘도 사람을 믿었고 사랑에 속았다. 속에 남겨진 감정들은 오로지 내 몫이 됐다. 한심하다, 바보 같다는 말로 스스로를 질책하기도 여러 번.

내가 가진 가장 무르고 약한 점이다.

길고양이

집 앞, 초등학교 앞 정자엔 길고양이들이 살고 있다. 사람의 온기가 그리웠는지, 사랑이 그리웠던 건지 사람의 부름에도 잘 다가왔다. 평소 고양이 알레르기가 심한 나지만 좋아하는 고양이들 앞에선 어쩔 수 없었다. 마음이 시키는 대로 머리 한번 쓸어내리는 일. 늘 느끼는 것이지만 좋아하는 것을 곁에 둘 수 없다는 건 정말이지 슬픈 일이 아닐 수 없다.

출근길에 한 번, 하루 일과를 마치고 돌아가는 길에 한 번. 하루 중 두 번의 만남이 매일 지속되다 보니 어느덧 내가 지나만 가도 소리를 내며 이곳저곳에서 모습을 드러내고 조심스럽게 걸어 나오기도 했다. 총 네 마리의 고양이. 유치하지만 이름까지 지어주면서 그렇게 마음에 담아왔다.

추운 겨울이 지나고 봄이 왔다. 참 다행이란 생각이 들었다. 추위가 물러갔으니 떨진 않을 것 같단 생각에.

그런데 어느 순간부터 정자에 살던 네 마리의 고양이가 보이질 않았다. 어디로 숨어버린 건지. 나도 모르는 새에 어떤 일을 당한 건지. 마음 한쪽이 내내 불편해졌다. 정이란 것이 이렇게나 무서운 것이다. 한 날엔 집으로 돌아가지 못하고 고양이 밥을 사들고 정자에 앉아 기다렸다. 또 어느 한 날엔 구석구석 고양이 이름을 부르며 찾아 나서기도 했다. 어디에도 없었다.

무덥던 여름이 지나갔다. 선선한 가을이 찾아왔고, 두꺼운 옷을 꼭 입어야만 거리를 다닐 수 있을 정도로 추워졌다. 고양이들을 처음 만났던 겨울이 다가오려나 보다. 잘 살고 있을까. 살아는 있을까. 밥은 먹고 다니는 걸까. 나는 여전히 정자 앞을 지날 때면 고양이들이 주로 잠을 자거나 지내던 곳을 한 번 더 살펴본다. 혹시나 하는 마음에, 돌아오지 않았을까 싶어서.

예고 없이 찾아왔던 만남은 예고 없는 이별을 가져다주었다. 그냥 문득 생각이 난다. 잘 살고 있겠지. 곧 시린 겨울이 찾아올 텐데 지낼 곳은 있을까. 올겨울은 더 추울 거라는 사실을 알려주는 뉴스 일면이 미워지는 날이었다.

흐려질 거야

분명 서로에겐 끔찍이도 사랑하던 순간들이 있었다. 하루의 시작과 끝이 서로였으며 뭘 하든 온 마음을 다했고 모든 추억을 공유한 사람. 미래를 함께 걸어갈 사람이라고 믿었는데, 생각해보면 뭘 믿고 그렇게 확신해 마음을 다 줬던 걸까. 작은 생채기 하나에도 변할 수 있는 것이 관계인데. 그날 당신이 내뱉은 말 한마디가 심장을 아프게 찔러댔다.

"이젠 예전으로 돌아갈 수 없어."

그 좋았고 행복했던 시간으로 돌아갈 수 없다는 단호한 당신의 말에 짓눌린 마음이 아파 움켜쥐고 종일 눈물을 흘렸다. 소리라도 내어 울면 내가 정말 어떻게 돼버릴 것만 같아서. 그렇게 하루하루를 간신히 살아내며 당신을 기억하지 않으려 애썼다.

좋아하는 풍경

주변이 너무 시끄러워서 아주 조용한 곳으로 여행을 떠나고 싶었다. 되도록 사람 말소리가 들리지 않는 쪽으로. 그렇게 도착한 곳에서 시간에 구애받지 않은 채 잠을 자고, 눈을 떴을 땐 눈앞엔 내가 가장 좋아하는 석양이 있으면 참 좋겠다고.

이리저리 치이는 삶이 죽을 만큼 밉다가도 그런 삶에도 오기가 생겨 어떻게든 살아보겠다며, 이겨내겠다고 다짐 아닌 다짐을 해왔다. 속 안에 썩어 문드러진 감정도 감정이라고 그렇게 붙들고 살았나 보다. 그러다 보니 자연스레 얻어지는 건 결국 삶에 대한 회의감과 허무함이더라. "삶이 많이 힘든가요?"라는 질문엔 "쉽게 잠들지 못하는 날들의 연속입니다."라고 답했다. 쉴 때가 됐다는 걸 잘 알지만 어느 하나 쉽게 결정할 수 없는 상태. 나를 에워싼 모든 불행과 단절되고 싶었고, 밤마다 가슴을 움켜쥐고 아픈 감정을 삼키는 일도 그만하고 싶었다.

여행 가고 싶다는 말을 자주 내뱉는 요즘. 많이 지쳤는지도 모르겠다. 언젠가 가까운 미래에 떠나게 된다면 꼭 좋아하는 풍경을 앞에 두고 꿈을 꾸지 않고 잠이 들 것이다. 그렇게 개운한 상태로 일어나면 눈앞에 석양을 두고 지친 마음을 어루만지고 싶다.

남겨진 사랑

책임지지 못할 말은 함부로 내뱉는 게
아니라던 당신이 책임져주지도 못할 감정들을
가득 만들게 해 놓고 떠나버렸다.

유실된 것들

끼니를 거르지 않으려 텅 빈 뱃속으로 꾸역꾸역 억지로 집어삼켰다. 먹어도 먹어도 채워지지 않는 허기를 달래려고, 허기는 채워지지 않았다. 그러다가 헛구역질하기를 반복. 몸속에서 뭔가 하나라도 빠져나간 듯 현실이 황폐해져 간다. 눈길 닿는 곳마다 시선은 길을 잃어 방황하기 일쑤고, 눈을 깜빡일 때마다 울음이 터져 나왔다. 엄마를 잃어버린 듯 엉엉, 자국이 마르지 않는 눈물을 흘렸다. 아이같이 서럽게 울기도 하다가 넋이 나가서 허공을 바라보기도 하고, 또 이유 없이 웃기를 반복한다.

유실된 것이 많다. 찾지도 못할, 찾아내서도 안 될, 그런 익숙한 단어들을 내뱉으며 발음한다. 당신이 남긴 흔적을 추억한다. 쉬이 잊힐 것 같지 않은 사람을 뒤로해야만 한다.
뒤로, 저만치 멀리 아주 보내야만.

어린 시절

세상에 아프려고 사랑을 하는 사람은 없다. 상처받으려고 꿈을 꾸는 사람도 없다. 단지 사랑을 하기 위해, 꿈을 꾸기 위해 어쩔 수 없이 아프고 상처받는 것일 뿐. 어느 순간 상처라는 개념은 무언가를 얻기 위해서 당연히 거쳐야 하는 일련의 과정이 되었다.

요즘은 사랑을 하기 전부터 또 상처받을까 두려워 머뭇거리는 나를 발견하게 된다. 새로운 것에 꿈을 꾸기 전부터 현실이 주는 상처를 받지 않을까 겁부터 나서 도전해볼 엄두도 나지 않는 요즘이다.

예전에 나는 사랑을 하기 전엔 사랑만 생각했고, 꿈을 꿀 땐 그 꿈을 이뤄낸 나의 모습만 생각했다. 모든 것에 겁이 많아진 요즘, 뭔가를 하기 전부터 걸리는 게 많은 현실이다. 과거의 나보다 현재의 나는 어떻게 하면 상처를 받는지 잘 알고 있다. 현실을 너무나도 잘 알기 때문에 겁이 많아진다. 어릴 때의 마음가짐은 상처로 인해 가려진 지 오래여서, 세상의 상처를 받지 않았던 어린 시절의 나와 이미 되돌아갈 수 없을 만큼 멀어져 있어서.
가끔은 어린 시절로 돌아가고 싶을 때가 있다. 상처받지 않았던 그때로.

헤어지자

참 웃기는 일이 아닐까. 사랑이라는 거창한 이름으로 맺었던 날들이 "헤어지자."라는 단 한마디 문장으로 산산조각 난다는 것이.

날씨가 추운 탓인지, 마음이 시린 탓인지 외투를 걸쳐도 추운 날이 잦아졌다. 몇 겹을 껴입어도 채워지지 않는 냉기가 몸을 움츠러들게 만들다가 끝내 그만 몸살이 나버렸다. 축 처진 몸을 간신히 일으켜 세우다 마음에서 뭔가가 터져 나오기 시작한다. 억누를 수 없는 무언가가 자꾸만 심장 밖으로 튀어나온다. 새벽을 눈물로 채워야만 하는, 채워도 채워지지 않는 눈물을 흘려야만 하는 시간.

아픔

쓰렸다. 삼켰던 사랑이.
아팠다. 뱉어낸 이별이.

나의 또 다른 이름

느긋하지 못한 가파른 호흡으로 하루를 살았다. 내겐 그저 바쁘게, 아주 정신없이 살아야 할 이유가 생겼으니까. 바쁜 일정에 잠시라도 쉬는 시간이 찾아온다면 생각 속으로 피어오르는 당신을 막아낼 길이 없다. 그래서 나는 당분간만이라도 정신없이 살아야 했다. 잊힐 때까지, 무뎌질 때까지.

하루를 보내고 집으로 돌아와 소파에 힘없이 앉고는 무심하게 창밖을 바라보는데 참 웃긴다. 어딜 가도 당신이 있다. 흔적은 도통 사라질 생각을 하지 않는다. 그렇게 새벽이 다 되도록 나는 당신의 흔적에서 길을 잃었고, 방황했다. 정리되지 못한 마음을 정리라도 하듯 옷장에 있는 옷들을 모조리 꺼내어 정리를 해본다.

수년의 시간을 함께한 당신과 마치 인생의 전부를 함께한 것처럼 공백이 컸다. 아마 영겁의 시간을 살아도 잊히지 않을 것만 같은 기분 상태. 쉽게 잊지 못하는 것이 어쩌면 당연한 걸지도 모른다. 나의 또 다른 이름은 당신이었으니까. 그 시간을, 그 사랑을 어떻게 잊을 수 있을까.

그래도 사랑을 할 땐 정말 예쁘게 사랑했어요, 우리. 눈을 뜨면 서로에게 일어났냐는 안부를 묻기 바빴고, 잠이 드는 순간에도 잘 자라는 인사를 하고 아쉽게 잠드는 날이 많았죠. 길을 걷다 만난 꽃들이 나를 닮아서 아름답다는 조금은 유치한 말도 서슴지 않았고, 온갖 마음이란 마음은 서로에게 다 쏟아 부을 만큼 사랑했어요.

영롱한 달빛 아래를 걸을 때면 사랑이 더 예쁘게 피어나기도 했어요. 그랬네요, 우리가. 그런 순간들이 있었어요. 지금은 가벼운 연락조차 쉽지 않을 만큼 어려운 사이가 되었지만 그래도 우리에게 그런 설렘의 순간들은 분명 있었어요.
나는 여전히 그 기억들을 쥐고 살아요.
후회 없을 만큼 행복했던 그때를요.

언제가 마음 곳곳에 자리 잡아 정리하는 데 오랜 시간이 걸릴 만큼 아끼던 사람이 내게 있었다. 잊히지 않는 긴 추억을 만들어낼 만큼의 시간을 함께 보냈고, 그런 시간을 우리는 사랑이라 불렀다.

하루 일과 끝엔 언제나 그 사람이 있었다. 내겐 포근한 집 같던 사람. 유일하게 내가 돌아갈 수 있는 곳이었다. 하지만 끝은 언젠가 다가와야만 했던 건가. 끝나지 않을 것 같던 사랑이 끝나던 날. 눈물을 흘리는 일밖에 할 수가 없었다. 달빛의 시선이 닿지 않는 어두운 곳에 서서 뚝뚝 흐르는 눈물을 닦아냈다. 소매가 다 젖을 정도로 서럽고 아픈 울음을 터트렸다.

내게 아끼던 장소 같은 사람이 사라졌다. 집처럼 포근했던 사랑이 떠나갔다. 이젠 어딜 가도 찾을 수 없게 된 사랑이 마치 신기루처럼, 거짓말같이 증발해버린 날이었다.

달라진 것

바빠진 일상에 서로에게 점점 소홀해졌고, "오늘은 뭐 했어?" 의무적으로 질문하기도 했다. 업무의 연장이 된 기분. 하루를 일에 다 쏟아서 쉬고 싶다는 생각만 가득했기에 "만날까?"라는 물음을 섣불리 할 수가 없었다.

어쩌다 한번 만나는 날엔 정적이 왔다 갔다 했고 서로에게 하루 계획을 미루기 바빴다. 그렇게 우물쭈물 생각만 하다 일찍 헤어지는 날들이 잦아졌다.

권태가 찾아온 건가, 관계에 대한 의문이 들기 시작했고 미처 내뱉지 못한 말들은 입안에서 엉키고 설켜 힘없이 흩어지고 오해라는 흠집 같은 덩어리를 만들어내기도 했다.

"변했어. 우리." 더운 입김을 함께 내뱉으며 당신이 읊조리듯 말했다. 그런데 아니다. 변한 것은 우리가 아니었다. 그저 예전과는 많이 달라진 상황들이었지.

모른 척

알아도 모른 척 눈감아주는 것은
아는 척하는 순간
유지되던 관계마저 깨질까 봐.

깨지지 않기를 바라는
마음에서 그러는 것이에요.
정말 모르는 게 아니에요.

당신을 사랑하니까
관계를 지키고 싶어서
모른 척해주는 거지.

달

달을 좋아하는 사람들이 많다. 거의 대부분의 사람들이 같은 달을 바라보며 속으론 제각기 다른 의미를 품고 살아간다. 오늘 머리 위로 예쁜 초승달이 떠올랐는데 머리를 관통하는 달빛에 그리운 사람들이 생각났다. 과거에 분명 존재했지만 현재에 머물러 있지 않은 그리운 사람들이.

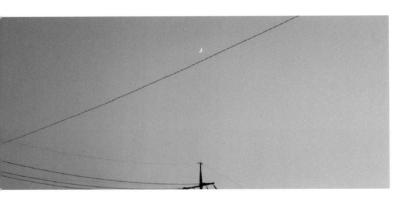

그날

안달복달하는 마음을 진정시킬 길이 없다. 물컹해진 감정들, 축 늘어진 어깨, 지끈거리는 머리. 그동안의 행동들이 끝이 왔음을 방증하고 있었다.

당신이 더할 수 없이 심하게 흩트려 놓은 마음이 잘 정리되지 않는다. 이 모든 것이 정리되는 데 어쩌면 오랜 시간이 걸릴지도 모르겠다. 혼자가 된 그날의 밤은 유독 흐렸고 시렸다.

기복

감정 기복이 점점 심해져 간다.
하루에도 수십 번씩 변하는 감정선.
나를 잃어가는 느낌이다.
이대로 괜찮을까.

잘 모르겠다.

시들어버린 사랑

내 미래엔 당신이 없었다. 아껴주지 않고, 많은 사랑을 주지도 못하고, 아플 때 아픔을 알아주지도 못하고, 말에 가시가 돋아나 마음에 상처를 준 것도 모른 채 무심하게 순간들을 지나왔기에. 채 피어나지도 못하고 시들어버린 사랑이라서, 내 미래엔 당신이 없는 것이 너무나도 당연했다.

그 당연함을 몰랐다는 것이 어리석을 뿐이다.

투정

가끔은 이유 없이 세상을 향해 투정 부리고 싶어질 때가 있다. 어느 날은 이렇다 할 이유도 없이 우울함이 찾아올 때가 있다. 기분은 바닥으로 점점 내려앉고 마음대로 되는 게 하나도 없는 하루에 지쳐간다. 그런 날이면 나도 모르게 누군가에게 마음을 내어놓고 투정 부리고만 싶어진다. 사실 투정이라는 건 오늘 정말 힘들었다고, 이런저런 이유로 힘들었다는 걸 알아달라는 마음에서 나오는 것 아닌가.

내가 원하는 삶이 이런 거였는지, 제대로 걸어가고 있는 건 맞는지, 혹시 길을 잃은 건 아닌지. 누군가에게 물어보고 싶어진다거나 다시 아무런 고민 없었던 어린 시절로 돌아가고 싶어질 때가 많다. 무르고 여린 마음을 지닌 사람이라면 이런 감정 상태를 잘 견뎌내질 못한다. 그렇다고 해서 투정 부리기엔 지금의 모습과 어울리지 않는 것 같고 내 투정으로 인해 주변 사람들에게까지 민폐를 끼치고 싶지 않아서 그러지 못할 때가 많다. 마음이 곪아가는 것 같은 요즘, 쉴 곳이 필요하다.

당신이 내 삶에서 빠져나간 날 평소 내가 좋아했던 것들이 가짜였음을 알게 됐어.

나는 내가 비 내리는 거릴 걷는 것을 좋아하는 줄 알았는데 혼자가 되어 걸어가니 신발 앞쪽으로 물이 튀어 발이 젖는 것이 그렇게 싫을 수가 없어. 습하고 눅눅한 날씨도 별로였고 말이야. 그리고 롤러코스터의 스릴을 좋아하는 줄 알았는데 친구와 함께 놀이동산에 간 날, 타기도 전에 심장이 요동치더라. 뭐가 그렇게 두려웠던 건지 결론은 타지 못했어. 도망치듯 일어섰지. 또 밤에 걷는 것이 그렇게 좋을 수가 없었는데 이상하게 무섭기만 하더라. 깜깜한 어둠뿐이어서.

평소 내가 좋아했던 것들이 이상하게 꺼려졌고, 한참을 생각하다 그만 심장이 쿵~ 하고 내려앉았어. 뒤늦게 깨달았던 거야.

내가 좋아한 것은 당신과 내가 우리라는 이름으로 함께한 모든 순간들이었던 거라고.

늘 미련을 쥐고 살아가다 보니 상황에 맞게 삶이 흘러가야 하는 순간에도 흐르지 못하고 그 시간에 멈춰 서 있던 적이 많았어. 과거가 뭐라고 사람을 한순간에 망가지게 만들더라. 쉽게 생각하면 단순한 문제들이 대부분이었는데도 사람 자체가 유연하지 못해서 그랬던 건지 단순한 문제도 복잡한 문제로 만들어버리는 신기한 재주를 지닌 사람이란 생각도 함께 들더라고.

지나온 과거를 잊기는 힘들겠지. 그럼, 그렇고말고. 어떻게 잊을 수 있겠어. 내게 상처가 되었던 순간들이었는데.
하지만 그럼에도 불구하고 생각을 고쳐먹기로 했어. 과거는 과거일 뿐이라고. 어쨌거나 그 시간들은 이미 지나왔고 나는 현재를 살아가야 하잖아. 과거에 얽매여 살다 보면 절대 행복해질 수 없단 걸 이젠 깨달은 거야. 현재가 행복해야 미래도 행복해지는 거니까. 지금부터라도 늦지 않았어. 과거의 상처는 지금부터라도 과거에 두고 오자. 과거는 과거일 뿐이니까.

그녀의 삶을, 인생을, 사랑을
언제까지고 응원한다

조금 외로운 사람이라 생각을 했다. 벅찰 만큼 많은 사람들이 주변을 에워싸고 있다가도 어김없이 어둑한 새벽이 찾아오면 애초부터 아무것도, 아무도 존재하지 않았던 것처럼 고요해지고 외로운 시간들이 시작되곤 했으니까.

그녀는 그랬다. 사람이 많은 곳보다는 아무도 찾지 않는 한적한 숲길을 찾아 걷는 것을 좋아했고, 공간이 넓은 곳을 싫어해서 조금은 비좁고 어둡지만 마음만은 편안해진다며 늘 그런 곳을 찾곤 했다. 조용한 방 한가운데 앉아 푸념하듯 오늘의 한숨을 내뱉기도 했다. 그녀는 아마도 조금이 아니라 많이 외로운 사람일 수도 있겠단 생각이 들었다. 더운 여름에도 차가운 것을 잘 먹지 못해 따뜻한 차 종류를 주로 마셨고, 사랑하는 것들과의 이별을 잘 견뎌내질 못해서 언제나 눈물을 달고 살기도 했다.

좀처럼 사라지지 않던 긴장을 달고 살던 그녀가 행복하기를 바란다. 더 이상 상처받지 않았으면 좋겠고, 더 이상 외롭지도 말라고 곁을 지켜주고 싶다. 인간이란 원래부터 불완전한 존재이니까 삶이 완벽할 수만은 없는 거라고, 삶이란 벅찰 만큼 들뜨는 순간이 있다가도 땅 밑으로 내려앉는 순간도 있는 거라고. 그녀의 삶을, 인생을, 사랑을 언제까지고 응원한다.

역지사지

상대가 나를 이해하려 하지 않는다면
생각해볼 필요가 있어요.

나는 그 사람을 이해하려고 했는지를.

마음에 오래 머물던 사람

툭 하고 건드려본 마음인 줄도 모르고 거센 파도처럼 심장 속 물결
이 일렁였다. 당신이 잠시 지나갈 파도였는지도 모르고 남겨진 모
래 신세가 됐다. 차라리 건드려보지나 말지. 툭 건드리고 간 마음엔
당신이 진하게 내려앉아 오래도 머문다.

후회

내가 두고두고 후회할
기억의 한 장면에
당신만큼은 없었으면 했는데.

귓가로 잠시 잊고 지내던 익숙한 이름이 알게 모르게 들려왔고 그 이름은 마음을 비집고 들어와 심장을 쑥 찌르고 달아나버린다. 벌 어진 상처로 그 당시 기억들이 쏟아져 나왔다. 상처가 된 이의 이름 을 마주하는 일은 시간이 지난 후에도 여전히 쉬운 일이 아니었다.

그 이름을 가진 이는 그 사람이 아니었다. 그저 동명이인이었을 뿐. 얼굴도, 몸짓도, 성격도 완전히 다른, 그냥 다른 사람이었다. 그런 데도 마음이 꼭 태풍이 불기 직전의 파도처럼 일렁였다. 쿵쾅쿵쾅 심장을 스미는 소리가 기어코 상처를 비집고 들어와 벌어진 상처 에 물을 붓는다. 쓰라린 기억에 아파하고 그러다 보면 하루를 망쳤 다는 생각이 머리 한가득 들어선다.

그때 하지 못했던 말들은 입안을 돌고 돌아 콧등 언저리를 타고 올 라오다가 기어코 한 방울 뚝.

엉엉 울다가 또 꺼이꺼이. 마를 새도 없이 흘러대는 눈물 덕에 눈 주위가 붉어졌다. 그로부터 수년이다. 잊혔다고 생각한 이름이 어느 한순간 귓가로 흘러들어왔다고 해서 어떻게 더 진해지는 것인지, 갈수록 선명해진다. 갈수록.

나는 그럴 의도로 말한 것이 아닌데
상대는 내 말의 의도를
마음대로 해석할 때가 있다.

말이라는 것이 이렇게나 무섭다.
의도하진 않았지만
상대에게 상처를 줄 수 있으니까.

운동화

꽤 오랫동안 신던 운동화가 하나 있다. 신었을 때 뭔가 걸리는 것도 없었고, 몸의 일부마냥 편해서 비가 오나 눈이 오나 늘 이 운동화를 고집했다. 그렇다고 해서 처음부터 편했던 것은 아니다. 운동화를 신은 첫날, 그렇게 거리를 많이 돌아다니지도 않았는데 뒤꿈치 위쪽이 까져서 쓰라렸다. 새것이라 예쁘게 신어야겠다고 다짐했던 마음이 반나절도 지나지 않아 꺾였고, 나를 아프게 만들었던 이 날 처음으로 새 운동화를 구겨 신었다. 그 이후에도 돈 주고 산 것이 아까워서 어쩔 수 없이 부지런히 구겨 신었던 것 같다.

그렇게 한 수십 일이 지났을까. 운동화를 더 이상 구겨 신지 않아도 뒤꿈치가 아프지 않았다. 애물단지였던 운동화는 어느덧 내가 늘 찾아 신는 편한 신발이 되었다. 너무 편해서 어디를 가나 그 운동화를 신었고 편한 만큼 막 신기도 했다. 어느 날, 외출하려고 여느 때와 다름없이 운동화를 찾아 신었는데 언제 그랬는지도 모르게 운동화 밑창 앞부분이 찢어져 있었다. 2년 가까이 신던 운동화를 버리던 날, 나는 물건에 애착 같은 것이 없다고 생각했는데 왠지 모르게 속상했고 씁쓸했다. 그래도 2년을 함께한 운동화라고.

그러고 보니 당신이 꼭 이 운동화 같다. 구겨진 마음이 구겨진 줄도 모르고 당신을 열심히 외면하고 소홀히 대했으니까. 그러면서 편하고 익숙하다고 나는 당신을 열심히 찾았다. 살짝 벌어진 상처가 찢어지는 것이 어쩌면 너무나도 당연했는데 그것을 간과했다. 깨달은 후엔 당신이 없었다.

가로등

집으로 돌아가는 길, 지나쳐야만 하는 가로등 없는 골목이 있었는데 늦은 일과를 마치고 집으로 걸어가는 날이면 들어서기 전부터 긴장을 했다. 마른침을 꿀꺽 삼키며 손아귀에 있는 힘껏 힘을 주고 그 골목을 조심스럽게 걸어 들어갔다. 다행히 여러 계절을 지나는 동안 아무 일도 일어나진 않았지만 매일 긴장을 하며 걸었던 것 같다.
왜 이런 어둑한 골목에 가로등 하나 없는 것인가.
투덜대면서도 어쩔 수 없는 일이었기에 그냥저냥 지나쳐 갔다.

평소와 다름없이 늦은 일과를 마치고 집으로 돌아가는데, 멀리서 골목 사이로 빛이 새어 나왔다. 가까이 가서 확인을 해보니 가로등이었다. 밝아진 골목이 괜히 반갑다가 왜 이제서야 생겨난 건지, 그동안의 설움 때문에 눈을 치켜뜨고 가로등을 쳐다보기도 했다. 그래도 반가운 마음이 더 컸다. 그게 뭐 그렇게 대단한 녀석이라고 가로등 하나에 의지가 됐다. 가로등이 없던 골목을 걸으면 걸을수록 두려움이 커졌는데 이제는 밝아진 골목에 집으로 돌아가는 발걸음이 가벼워졌다.

시간이 지나 그 동네를 떠나던 날, 차를 타고 지나가다 가로등을 바라봤다. 그래도 좀 의지했다고 지나가려는 시간을 붙잡고 가로등을 마주했다. 이제 가면 언제 또 이 거리를 걸을 수 있을지는 모르겠지만 언젠가 한 번쯤은 꼭 다시 찾게 될 거라고, 그때까지 꺼지지 않고 지금처럼 밝혀 달라고, 그렇게 생각하고 말을 걸며 그 동네를 떠났다. 살면서 의지를 했던 수많은 것들 중 하나와 이별한 날이었다.

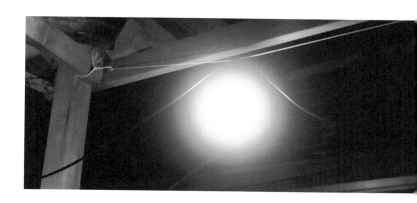

하루의 시작

요즘 들어 하루의 시작을 망설이게 된다. 오늘을 망쳐버릴까 무서워서, 그래서 걱정이 늘어나지 않을까 하는 두려움. 긴장은 나를 꼿꼿하게 세우고 세워진 몸은 굳어져 하루를 집중할 수 없게 만든다. 실수는 늘어만 가고 지친 마음은 나를 바닥으로 깊게 당겨버린다.

깊이 빠져버린 마음에는 쓸어내려도 닦이지 않는 이름 모를 상처들이 자리 잡고, 새벽엔 언제나 흉몽으로 잠을 이루지도 못한 채 속절없이 흐르는 시간을 원망한다. 불안들이 소복하게 쌓여가는 지금, 나는 지쳐 있다.

시린 바람

옷깃을 여미며 거리를 걸었다. 불어오는 바람에 꽤 추웠다. 그래서 여러 번 옷깃을 여몄다. 몸속으로 들어오려는 바람을 최대한 막아 보려고. 봄이 오는 줄 알았더니 겨울이 미련이 남았나 보다. 한기가 세상에 서리는 것을 보니.

미련 가득한 당신도 물러갈 줄을 모르고 눈앞을 한참 서성거리며 내 속을 비집고 들어오려고 애쓴다. 이미 떠나간 계절은 되돌릴 수 없는 건데, 이제 그쯤 해두고 흘러가게 내버려 두면 좋을 것을. 계절을 보낼 줄도 알아야 다음 계절을 더 아름답게, 그리고 더 소중하게 맞이할 수 있을지도 모를 일이다.

한기 서린 바람이 내 속을 비집고 들어오기를 허락하지 않는다. 그 바람이 얼마나 시린지 경험했으니까. 오늘도 시린 바람을 피해 옷깃을 단단히 여미고 걸었다.

누군가가 내 사람이 되어주었다면 익숙함에 속아서 소홀하게 대할 것이 아니라 더 소중하게 대해줘야 하고 끊임없는 사랑 표현을 해야 해요. 관계란 표현해야 지속되는 것이지, 표현 없이 흘러가는 관계는 언젠가 끊어지기 마련입니다.

방치된 관계에는 미래가 없어요.

버려야 할 것들이 많아졌다. 생일 때 받은 커다란 곰 인형. 어린아이같이 주고받았던 편지들. 사랑을 증명이라도 하듯 맞춰 나갔던 커플링. 함께했던 추억들이 찍혀 있는 사진들. 아픔을 억누르며 하나 둘 정리를 했다. 가능하다면 모든 감정을 죽여서라도 아픔을 느끼고 싶지 않았다. 울음을 참아보려 했지만 터져 나오는 눈물을 참기란 그리 쉬운 일이 아니었다. 그렇게 진정되지 못한 마음을 간신히 부여잡고 물건들을 버리기 시작했다.

한때 사랑하던 것들이 버려지던 순간에 평소 알고 있던 모든 세상이 무너지는 것 같았다. 공허했고 아팠고 쓰라렸다. 아픈 마음을 진정시키려면 또 얼마나 많은 시간을 지나가야 하는지 가늠조차 되질 않는다. 사랑하는 것들이 버려진다. 사랑했던 것들을 떠나보내야만 한다.

혼자 하는 걱정이 많아 스스로를 지치게 만든다. 일어나지 않은 일임에도 끊임없이 파고들어 끝내 어느 한 결말을 만들어내고 나서야 생각을 멈춘다.

불행에 맞춰진 채로.

애愛

결코 닿을 수 없는 인연을 그리워한다.
태양의 반대쪽에 비가 오면 나타나는
무지개처럼 분명 존재했지만
잡을 순 없는 그 무언가를.

곁에 머물러 있지 않은 그리운 사람이
오늘도 마음에 진하게 내려앉는다.
자리 잡은 곳이 얼마나 깊은지 떼어낼 수도
사라질 수도 없는 것이
꼭 넓고 넓은 바다 같은 모양이다.

아마 평생 머물 거야.
죽는 날까지. 어쩌면 죽어서도.

잘 지내고 계시나요.

여전히 저는 당신을 그리워합니다.

온기 가득했던 손도,

물망초 같았던

당신의 웃음도,

당신과 살았던 모든 날을.

그곳은 어떤가요.

다시 만난다면 푸석하지만 따뜻했던 당신 손을 감싸 안고

이야기하고 싶어요. 다시 만나게 돼서 정말 다행이라고.

그리고 참 죄송한 마음뿐이라고.

살아내는 동안 당신이 너무 보고 싶었다고

꼭 전하고 싶습니다.

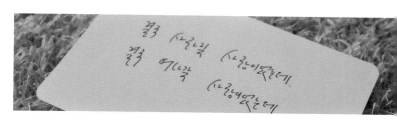

이별 장소

내려놓던 찻잔의 소리가 신경을 곤두서게 만들었고 정적이 주는 긴장감은 마른침을 여러 번 삼키게 했다. 많은 말을 하지 않아도 알 수가 있었다. 늘 웃던 당신이 날 보며 차가운 표정으로 시선을 피하기만 했고, 익숙한 당신에게서 오늘만큼은 낯선 향이 전해졌으니까. 긴 시간 동안 짧은 대화를 나눴다.

옷의 매무새를 가다듬고 자리를 정리한 후 카페를 나섰다. 당신과 나는 서로 다른 방향으로 등을 돌린 채 걸었고, 처음엔 뒤를 돌면 보이던 당신 뒷모습도 조금 지나니 보이지 않았다. 그렇게 우리는 각자의 길로 서서히 멀어져갔다.

이미 지나가버린 시간은
되돌릴 수 없다는 것을 알지만
그럼에도 간절히 되돌리고 싶은
순간들이 있다.

낙차

요즘 들어 감정의 낙차가 심해졌다. 몸과 정신이 뒤집혀 곤두박질 친다. 이런 상태에 놓이면 움푹 파인 깊고 얇은 골이 생겨나게 되는 데 왜 이런 감정들이 우리를 따라다니게 된 건지. 현실을 살아가는 우리들은 걱정과 고민들로만 뭉쳐진 눈발을 맞으며 삶을 살아간 다. 꽤 여러 번의 회한과 탄식을 하기도 하면서.

큰 행복만 추구하다 정작 다가온 행복을 알아채지 못하고 사는 건 아닐지. 소란스러운 것에만 집중하다 정작 보지 못하고 지나친 게 많은 건 아닐지. 스스로 눈을 가린 채 살고 있는 것은 아닐지 생각 해볼 필요가 있다.

그리운 밤

단지 떠올리는 것만으로도 가슴이 아려오는 사람이 있다. 늘 먹던
음식을 한 숟갈도 넘기지 못하고 눈물만 쏟아내는 하루가 늘었고,
단추가 하나 빠진 듯 넋을 잃는 날들의 연속이었다. 괜찮다, 괜찮다
수없이 스스로를 다독였는데 나, 괜찮지 않았나 보다. 이미 뱉어진
모진 말들이 잔상이 되어 내 눈앞을 어지럽히는 것을 보니.

혀에 물리도록 넣었던 당신의 사랑이 그리운 밤이다.

이유 없는

머리가 지끈거린다. 이유 없는 통증. 원인을 알지 못한 채 마음은 늘 무너져내리고 있었다. 힘껏 달리기라도 하면 나아질까. 심장이 터져버릴 것 같은 속도로 달렸다. 달리다가 멈춰 선 채 눈을 감았다. 뚝, 흐르는 눈물은 이내 홍수처럼 넘쳐흘렀고, 진정시킬 수 없을 만큼 감정은 고조되었다.

이 와중에 무심코 올려다본 밤하늘의 달은 여전히 밝게 빛났고 아름다웠다. 좋아하는 달을 보면서 눈물을 닦아냈다. 달도 여전히 예쁘니 내일은 더 나아질 거라고, 여느 때와 다름없이 나는 또 행복해질 거라고 다독거렸다.

궁금했다. 새벽을 외로워하는 것도, 슬픈 영화나 감동적인 영화를 보면 눈물을 잘 흘리는 것도, 덜렁이는 성격 탓에 물건을 잘 잃어버리는 것도 그대로인지.

시간이 많이 흐르면 잊힌다는 말을 굳게 믿으며 그 시간을 보내고 있다. 당신을 흘려보내려고 노력하는데 이상하게 잊히긴커녕 당신의 대한 궁금증들이 나날이 늘어만 간다.

좀처럼 잊히지 않는 계절

한때 계절을 함께 보냈다는 이유만으로 그 사람에 대한 긴 잔상이 남기도 한다. 진한 계절은 흔적을 남기기 마련이니까. 남겨진 잔상은 오롯이 내 몫이 되고 그걸 잊기 위한 노력도 해야만 한다.

좀처럼 잊히지 않는 계절을 보내고 나서야 다음 계절을 맞이할 수 있다. 지나온 계절을 추억하며 "그땐 그랬지. 맞아, 그런 사랑이 있었다."고 어딘가 푸념하듯 내뱉을 수 있는 날이 온다면 그 계절을 참 잘 지나온 거라고.

나는 괜찮습니다, 이제

좀처럼 펴지지 않던 마음이었는데, 이제는 썩 괜찮아지려나 봅니다. 한동안 눈물과 함께 살았다고 해도 과언이 아닐 만큼 흘려댔어요. 알게 모르게 당신이 흠집 내고 간 마음엔 예리한 상처들이 많았는데, 그래서 움츠러들었던 마음이 이제는 좀 괜찮아졌습니다.

잊히지 않을 것만 같던 당신의 핸드폰 끝자리 번호도, 웃는 얼굴도 이젠 생각나지 않아요. 나는 괜찮습니다, 이제.

폐건물

집 앞 버스정류장에서 내려 집으로 걸어가다 보면 옆으로 꺾인 길목에 몇 년째 고쳐지지 못하고 버려진 폐건물 하나가 있다. 건물은 삼층짜리인데 만들어진 형태를 보니 상가로 만들 목적이었던 것 같다. 건물 벽면엔 벗겨진 페인트 자국이 가득했고, 창문에는 어떤 사연으로 깨진 건지 알 수 없는 흔적이 남아 있었다. 버려진 데에는 분명한 이유가 있었을 것이다. 벽면에 빨간색 글씨로 '철거 반대'라는 글이 즐비해 있는 걸 보면 어떤 이유였는지 어림짐작으로 알 것도 같았다.

처음엔 그 건물도 관심과 사랑을 받았을 것이 분명했다. 누군가의 밤낮을 가리지 않는 갖은 노력 끝에 건물의 설계도가 만들어졌을 것이고, 여러 사람이 모여 하루 종일 정성스레 기초 공사를 하고, 되메우고 시멘트를 발랐을 것. 지금은 비록 버려져 몇 년째 사람이 찾지 않는 폐건물이 되어버렸지만.

버려지는 것에 대한 아픔이 있다. 오래되어 버려진 물건들이거나, 고질병으로 달고 살던 습관들이거나, 긴 시간 동안 변질되어 버려진 사랑 같은 것들. 살면서 버렸던 수많은 것들 중 유독 후회로 남는 하나는 당신이었다. 손에서, 곁에서 사라진 후에야 알게 된 당신의 빈자리.

언젠가 저 폐건물도 자신을 사랑해주는 누군가를 만나 사람의 발길이 닿는 예쁜 건물이 될 것이다. 버려진 모든 것들이 다시 주워져 사랑받았으면 좋겠다. 그동안의 외로움을 다 보상받을 만큼 큰 사랑을 받았으면 좋겠다.

흘러갈 계절

어젯밤에는 한차례 비가 쏟아졌대. 나는 자느라 내리는 비를 보지 못했는데 창문을 열어 확인하니 온 세상이 빗물로 가득 젖어 있더라고. 비에 젖은 모습이 처량하게 느껴져 한참을 멍하니 바라보다가 옷깃을 여몄어. 날씨가 꽤 추워졌구나. 벌써 다음 달이면 겨울이라고 부를 수 있게 되는구나. 시간 참 빠르다. 많은 생각이 스쳐 지나가더라.

나의 일 년은 어땠나. 너의 일 년은 나와 달랐을까. 가끔은 시간이 흘러도 덮이지 않는 과거를 모조리 다 잊어버렸으면 좋겠다는 생각을 했어. 그럼 현재의 내가 덜 고통받을까 해서. 이러니저러니 해도 시간은 기다려주지 않더라. 냉정한 소리를 내며 제 갈 길을 묵묵히 가더라고. 그렇게 보면 시간을 본받고 싶다는 생각도 들었어. 주변 영향 따위 받지 않는 시간이 가진 냉정함을 얻으면 나도 좀 단단해질 수 있을까. 다음 달이면 내가 좋아하는 눈을 볼 수 있을지 모른다고 생각하니 좀 설레기도 한다. 세상 가득 쏟아진 눈에 뜨거운 눈물을 쏟아낼 수 있는 계절. 시간과 함께 나도 분명 흘러갈 거야. 지금 가진 상처들이 결국엔 다 흘러가 나는 다시 가벼워질 거라고, 그렇게 믿고 있어.

포기란 하지 않는다면
우리에게도 꿈꾸는 무대는 존재한
그러나 꿈꾸기를 하지.
느려도 괜찮다.

145

불 보듯 뻔한 관계

잔정이 많아서 한 번 맺었던 사람과 쉽게 이별하지 못하는 성격이다. 옷깃만 스쳐도 인연이라는 말이 있지 않은가. 좋게 말하자면 관계를 소중히 여길 줄 아는 사람이지만 그렇지 않은 쪽으로 생각한다면 그저 미련한 사람에 불과하다.

관계란 무엇일까. 어떤 관계는 나를 그토록 지치고 힘들게 만들어버리다가도 또 다른 관계는 나를 살게 만들기도 했다. 그것 때문에 울다가 웃게 되는 날이 참 빈번하게 찾아왔다. 너덜해진 감정들이 걸음을 느리게 만들기도 했다.

어느 날은 절대 회복될 수 없는 관계에 매달려 홀로 놓지 못했던 적도 있었다. 상대의 마음은 날 이미 떠났다는 것을 알면서도 그걸 부정이라도 하듯 전화기를 들었다.

그런 날을 여러 번 보내오다 보니 자연스레 정을 주는 일이 무서워
지기 시작한 것이다. 내놓았던 마음에 차갑게 등 돌려버린 인연들.
조금 냉정해질 필요가 있다고 느꼈다. 살다 보면 온기 가득한 관계
가 있다가도 이런 냉정한 관계도 있는 거라고.

미련한 사람이라 이런 사실에 익숙해지는 데 오래 걸릴지도 모를
일이지만 그래도 익숙해져야만 한다. 나 혼자 쥐고 흔드는 관계는
불 보듯 뻔할 테니까.

몇 해 전 일이다. 그날의 나는 많이 여렸고, 유순한 성격으로 살아가던 사람이었다. 마음이 유독 약한 사람이라서 그랬던 걸까. 꽤 긴 사랑이 끝맺음을 하던 날, 끓어오르는 감정을 누르지 못하고 서럽고 아픈 눈물을 흘리며 집으로 돌아왔다. 이불에 얼굴을 반쯤 파묻고 큰 소리를 내며 울었던 그날은 마음이 찢겨 나간 날이었다. 금방 잊을 수 있을 거라는 주변 사람들의 위로. 그 위로에 마음을 수도 없이 다잡았다. 지나가는 작은 열병 같은 것이라고, 시간이 지나면 고열이 떨어지는 것처럼 그렇게 당신도 마음에서 떨어져 나갈 거라고 스스로를 다독였다.

시간이 좀 흐른 지금, 더 이상 그 사람을 떠올려도 아프지 않다. 시간이 약이라는 말, 아주 틀린 말은 아니라는 걸 깨닫기도 했다. 그런데 완전히 잊을 수 없다는 것도 안다. 어느 마음 한쪽에 남아 불쑥불쑥 그 사람이 튀어나올 때도 있지만 그에 대해 컸던 마음이 이제는 어느 정도 아프지 않을 만큼 작아졌다는 것. 그 사람은 그 사람대로 나는 나대로 잘 살면 된다는 것. 이별, 헤어진 직후엔 마음이 찢어질 것 같아도 시간이 지나서 마음이 작아지면 꽤 별거 아니었다는 걸 느끼게 되는 날이 온다.

믿었던 사랑이 사라졌을 때
모든 세상이 멸한다

힘없는 목소리를 쥐어짜 찢어지기 직전까지 불렀다. 계속해서 불러보면 돌아볼까 하고, 결국엔 닿지도 않을 목소리였지만.

끝이란 것이 그렇다. 곁에 있을 땐 몰랐던 소중함들이 끝에 다다라서야 살갗을 파고들 만큼 깊게 다가오고 당신과 서로 사랑했던 그때가 삶에 있어 가장 사랑스러운 시간이었음을 깨닫게 된다. 후회는 아무리 빨라도 늦다는 말이 있듯이 언제나 후회는 깨달음보다 한 발 더 앞서 있었다. 식욕은 자연스레 잃어가고 무기력함은 살아가는 모든 시간을 차지하게 된다.

믿었던 사랑이 사라졌을 때 모든 세상이 멸한다. 이별은 그랬다. 상상할 수 없을 만큼 아프고 가슴에 새겨진 이별 자국은 오랜 시간을 속 안에 남아 괴롭게 한다.

버려야 하는 것

주말엔 방 청소를 했다. 평소엔 귀찮아서, 바빴던 탓에 미루었던 일. 구석구석 뒤져본 적 없었던 서랍장에는 언제 샀는지 알 수 없는 손목시계와 잘 입지 않는 목이 늘어난 티셔츠, 색이 바랜 바지들. 왜 이런 것을 버리지 않고 넣어두었던 건지. 나조차도 나를 이해할 수 없는 부분이었다. 버릴 것들을 한곳에 모아 봉지에 담으려는데 다시 하나하나 살펴보니 쓸 수 있겠다는 생각이 드는 것이다. 손목시계는 고쳐서 쓰면 될 것 같고, 사실 버리기엔 디자인이 너무 예뻤다. 목이 늘어난 티셔츠는 잘 때 잠옷으로 입으면 좋을 것 같았고, 색이 바랜 바지들은 다른 용도로 무언가를 만들면 되겠다고 생각하다가 결국 하나도 버리지 못하고 다시 서랍장 안에 고스란히 넣어두었다. 아, 이래서 버리지 않았던 거구나. 버리지 못했던 거구나. 미련이 많은 사람은 지닌 물건을 잘 버리지 못한다. 그것이 물건이든 사람이든 한 번 곁에 둔 것을 잘 잊지 못하고 잘 놓지도 못하는데 지금 상황이 딱 그런 거더라. 그러다 문득 서랍장을 다시 열어 과감히 버릴 것들을 봉투에 담아 묶었다.

쥐고 있는 미련을 조금씩 버려야 한다는 것을 안다. 떠나간 사랑이 마음에 남아 버려지지 못할 때도 과감히 봉투에 담아 버릴 수 있어야 한다. 그래야 가벼워진 내가 또 살아갈 수 있을 테니까.

유약했던 너의 손길이 유독 선명해지는 밤이야. 요즘 좀 어때. 먹먹한 새벽을 보내는 건 여전한지. 지나가버린 계절을 끌어안고 깊고 어둑한 수심 끝으로 가라앉고 있는 것은 아닌지. 소식 없던 네게서 소식이 듣고 싶어지는 이상한 새벽이다.

지금 생각해보면 음식도 급하게 먹으면 체하듯이 감정도 쉼 없이 삼키다 보면 체하는 법인데 하루마다 꽤 다양한 감정을 삼켜내느라 사랑에 체했던 것을 시간이 좀 지나 알게 됐어. 시간이 흐르면서 많이 아파하고 울기도 하고, 그렇게 감정을 삼키지 않고 덜어내다 보니까 점점 잊혀가. 신기하게도 말이야. 이젠 아프지 않고 너를 떠올릴 수 있다는 것만 봐도 그래.

너는 너대로 나는 나대로

나, 아무렇지도 않았어. 이미 많은 시간이 흐른 뒤였으니까. 너와 영원히 함께할 거라는 생각을 애초부터 하지 않았는지도 몰라. 이렇게 아프게 이별할 줄 예상했나 봐. 헤어진 직후에는 그래도 우리가 사랑을 하긴 했나 보더라.

뭔가를 삼키기가 어려운 날들이 일상이 되었고 몸과 마음은 갈수록 말라갔지. 마음 가장자리는 항상 텅 빈 듯이 허했고, '그립다'는 단어만 봐도 네 생각에 눈물을 많이 흘렸으니까.

그런데 지금은 아니야. 이젠 너를 봐도 아프지 않아. 하나 다행인 건 잊어가는 단계에서 너와 마주하지 않고, 마음에서 어느 정도 잊힌 후에 너를 마주했다는 사실이지. 난 요즘 좀 좋은 것 같아. 네가 없는 시간 동안 고마운 인연들이 많이 생겨났거든. 오늘은 그 사람들을 만나 독주도 마다하지 않고 마실 생각이야. 그렇게 난 내 인생을 살아갈 거야.

너는 너대로, 나는 나대로 말이지.

3

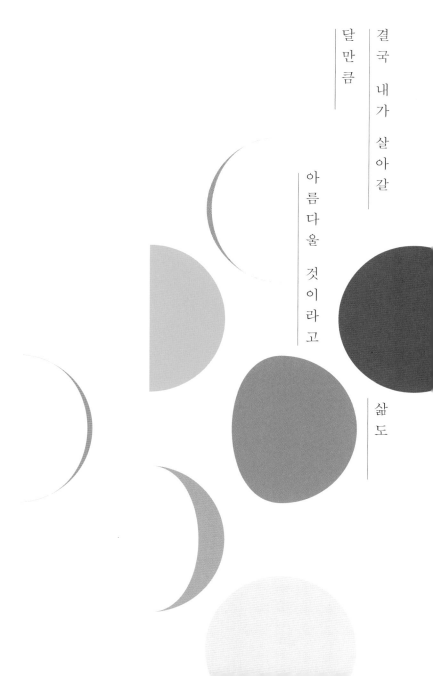

결국 내가 살아갈

달만큼

아름다울 것이라고

삶도

이제껏 졸업식, 생일과 같은 주변 사람들의 경조사가 있을 때에만 꽃을 샀다. 하루는 길을 걷다가 예쁘게 포장된 드라이플라워에 시선이 머물게 되었는데 그러다 문득 항상 누군가에게 주기만 해봤지 정작 내가 나에게 꽃을 선물해본 적은 한 번도 없었다는 생각이 들었다. 무슨 마음이었는지 모르겠지만 꽃 가게로 들어가 덜컥 꽃을 사버렸다. 나에게 생애 처음으로 꽃 선물을 해보기로 한 것이다.

집으로 돌아와 책상 옆 화병에 꽃을 꽂아두고 침대에 앉아 그 모습을 가만히 지켜보는데 기분이 조금 이상해진다. 누군가에게 선물 받은 것도 아니고 그저 내가 직접 산 것인데도 불구하고 스스로에게 선물을 줬다고 생각하니 마음이 왠지 모르게 따뜻해졌다. 하긴 힘든 순간을 이겨내는 것에도 기쁨을 함께하는 것에도 어떻게 보면 가장 가까운 사람이 바로 나 자신 아닌가. 그동안 나는 나에게 참 딱딱했던 것 같다. 삶을 살아내느라 매 순간 수고하는 나에게 표현하며 살아야 한다는 아주 중요한 사실을 깨달은 날이었다.

어릴 적부터 죽음에 대한 공포감이 유난히 컸다. 초등학교 3학년 때였나, 우연히 TV에서 방영하는 공포 프로그램을 보게 되었는데, 저승에 관한 내용이었다. 저승으로 간 영들은 각각 천국과 지옥으로 나뉘어 흩어지는데, 지옥으로 간 영들이 어떻게 벌을 받는지 보여주는 그런 프로그램이었다. 그것을 보고 어린 나는 꽤나 충격을 받았었나 보다. 그날 이후로 여러 번 악몽을 꾸기도 했으니까. 아마 그때부터였던 것 같다. 죽음에 대해 본격적으로 생각해본 것이.

어린 마음에 죽으면 어떻게 될지 생각을 하다가 우선적으로 떠오른 생각이 사랑하는 사람들과 헤어진다는 것. 그 생각에 왈칵 눈물이 났다. 울음을 참지 못하고 목소리가 밖으로 새어 나왔다. 그때가 새벽 2시쯤 지날 때였는데 아무래도 옆에서 자던 딸이 흐느껴 우는 소리가 들리니 아빠는 놀라셨을 것이다. 일어나서서 왜 우냐며 나를 안고는 침착한 어투로 나를 달래주셨다. 하지만 진정이 되지 않았다. 아무리 괜찮다며 달래도 죽음이라는 사실은 변치 않는 자연의 섭리였으니까.

언젠가는 마주한 모든 것들과 영원히 이별할 날이 온다. 조그마한 이별에도 마음이 쓰렸는데 큰 이별을 마주할 생각에 덜컥 겁이 나기도 했다. 하지만 시간이 지나 어른이 된 지금, 나는 생각한다. 이런 불안한 생각으로 인생을 낭비하기엔 삶이 너무 귀하고 소중하다고. 옆에 있는 사랑하는 사람들과 웃고 떠들기에도 부족한 시간이 아니던가. 여전히 죽음은 내게 두려운 존재고, 점점 가까워져 온다면 나는 아마 심각한 우울증에 걸릴 것이 분명하다. 하지만 지금은 현재를 즐겨야겠다. 내 사람들과 더 많은 추억을 쌓고 더 많이 사랑하며 이 삶을, 이 생을 살아야겠다고. 만약 오늘이 마지막이라면 내일 죽을 것을 잊어버리고 평소처럼 즐겁게 놀다가 그렇게 떠날 것 같다. 특별할 거 없이 평범하게. 소중한 사람들과 시간을 보내면서 말이다.

용기

마음 한구석에 깊이 팬 상처일수록 겉으로 드러내지 않으려 갈라진 입술에 힘을 주며 억지로 웃어 보인다. 그렇게 한 번씩 웃어 보일 때마다 갈라진 입술 끝으로 피가 새어 나왔다. 아픈데도 웃으니 상처가 참지 못하고 벌어지는 것이었다.

속상하고 아픈데 숨기려다 보니 마음은 곪을 대로 곪아서 아주 망가지는 줄 알면서도 숨겼다. 내 허점을 보이는 것 같아서. 나를 드러내는 것이 싫었으니까.

그렇게 삶을 살다가 어느 순간 이런 생각이 들더라. 살면서 하는 부질없는 짓 중 하나가 감정을 숨기고 사는 일이란 생각이. 속상한 일이 있다면 털어놓고, 화가 난다면 화도 좀 내고, 상처가 있다면 보여주는 것도 하나의 용기일 수 있을 텐데.

항상 처음은 어렵다. 하지만 감정을 조금이라도 표현해 나간다면 자리 잡았던 상처들도 어느새 사라질 거라고, 그렇게 상처는 나을 것이다.

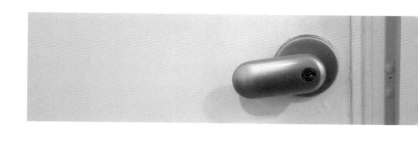

너는 항상 생각이 많았어. 무슨 일을 하기도 전에 미리부터 겁을 먹고는 일어나지도 않은 일들을 상상하며 불안해했지. 그 누구도, 스스로도 일초 앞도 내다볼 수 없는데 말이야. 마치 상상한 일들은 반드시 일어날 것이고, 불행으로 온몸을 가득 채울 것처럼 항상 걱정으로 가득 차 있었어.

'난 행복하지 않아. 행복할 수 없을 거야.'

자. 그럼 우리 함께 생각해보자. 결코 행복할 수 없는 이유에 대해. 어떻게 그렇게 확신할 수 있는 거야. 네 행복을 누군가 정해주는 거야? 너에게는 미래를 내다보는 능력이라도 있는 거야? 내 말에 넌 어떤 대답도 할 수가 없었어. 아니 대답하지 못하는 것이 당연한 거지. 너의 행복을 누군가 정해주는 것도, 미래를 확신하는 것도 아니고 너에겐 미래를 내다보는 능력도 없었으니까.

사실 우리는 현재를 살아가기에도 벅차고 바쁘잖아. 과거를 후회하고, 미래를 걱정하느라 정작 현재에 느껴야 할 행복을 못 느끼는 거지. 행복은 어떤 거라고 단정 지어서 말을 할 수는 없지만 적어도 내가 생각하는 행복은 좋아하는 프로그램을 볼 수 있다는 것, 주말이면 어디든 여행을 갈 수 있다는 것과 맛있는 음식을 먹을 수 있다는 것. 내게 소중한 사람들이 곁에 있어준다는 것. 너도 분명 옆을 보면 느낄 만한 행복이 가득할 텐데 미래의 불안 때문에 보지 못하는 것이 나는 너무 마음이 아파. 현재가 행복하지 않다면 미래도 절대 행복할 수 없어. 현재의 행복이 모여 미래가 만들어지는 거니까.

그러니 오늘부터라도 일어나지도 않은 일들의 걱정은 그만두고 현재의 행복을 생각하며 살아가 보자. 오늘은 네가 좋아하는 음식을 먹으러 가는 것부터 시작해보는 거야. 그렇게 천천히 찾아가 보자. 행복을.

내 사람

힘들었던 내 삶에 들어와 줘서 참 다행이라는 생각을 했다. 익숙함에 너무 익숙해져서 소중함을 느끼지 못한 채 흘러가며 후회의 시간 속에 살았던 날도 많았지만 그럼에도 곁을 지켜줘서 고마웠던 내 사람들.

겨울이 지나면 봄이 오고, 봄이 오면 여름이 오는 것처럼 우리 사이의 영원함이 당연함의 연속이기를. 그렇게 매 순간 같은 추억 속에서 함께하기를.

나답게 살아가는
어쩌면 가장 쉬울지도 모르는 방법들

느리게 가되 게을러지진 않기.
온 마음을 다해 사랑하기.
감정을 숨기지 않기.
내가 나를 속이지 않기.
싫으면 싫다고 단호하게 거절하기.
좋아하는 일에 머뭇거리지 않기.
이미 늦었다고 자책하며 포기하지 않기.
사랑하는 사람들에게 매 순간 표현하며 살기.

요즘 좀 어때요. 끼니를 거르는 날이 많아지는 건 아닌지. 맑지 못한 공기를 삼켜내느라 속이 뒤집어지진 않았는지. 길고 어두운 새벽에 홀로 잠들지 못하고 아파하고 있진 않은지. 약하고 여린 마음을 쥐고 살아내느라 매 순간 고생하는 당신이 보고 싶은 밤이네요.

나는 어땠냐고요? 음, 우선 오늘 저녁을 안 먹었어요. 아니, 먹지 못했다가 맞는 표현이겠네요. 배가 고프지 않았어요. 그냥 먹으면 토해낼 것 같은 기분이었거든요. 아마 사라지지 않는 걱정거리들로 속이 꽉 채워져서겠죠. 요즘은 밥을 깨작거리며 먹는다며 주변 어른들께 혼도 많이 납니다. 어릴 땐 복스럽게 먹는다며 줄곧 칭찬을 듣던 사람이었는데 말이에요.

사람 관계가 가장 어려워요. 무언가 확실히 엉킨 것을 느끼지만 풀어낼 용기가 없어서 엉킨 대로 관계를 이어갑니다. 그래서 숨이 턱턱 막히는 날도 많아요. 들이쉬고 내쉬는 공기가 맑지 않아서요.

그리고 요즘 밤은 왜 이렇게 긴 건지. 난 분명 오늘 힘들고 피곤했단 말이죠. 그래서 집에 가면 곧바로 쓰러지듯 잠을 잘 거라 예상했지만 오늘도 역시 늦은 새벽까지 눈을 감지 못하고 깨어 있네요. 어릴 때 새벽이 너무 좋아 졸린 눈을 붙잡아가며 밤을 새우려 노력했는데 요즘은 일찍 잠들려고 노력하는 모습을 보니 씁쓸해지기도 했어요. 그건 아마도 오늘 하루가 만족스럽지 못했기 때문에 쉽사리 잠들지 못하는 거겠죠. 얘기하다 보니 당신과 나, 참 많은 것이 닮아 있네요. 어쩜 걱정거리도 비슷하고. 내가 듣고 싶은 말을 당신에게 건네면 위로가 될까요.

당신 꽤 괜찮은 사람이에요. 기죽지 말아요. 잘 해내고 있고, 잘하고 있으니까요. 만족스럽지 못한 하루였어도 내일이 있으니 너무 애쓰지 말아요. 당신이 아프지 않았으면 좋겠어요.

167

청춘

오랜만에 오래된 친구들을 만나 술 한잔 기울이던 날. 대화를 하던 도중 '청춘'이라는 주제에 꽂혀 두어 시간을 떠들어댔다. 그렇게 한참 시간을 보내다가 문득 나는 청춘을 어떻게 보내고 있는지에 대한 생각을 하게 되었다. 집으로 돌아와 이부자리에 누워 연신 천장만 바라보며 생각했다. 청춘이 무엇인지. 단순히 사전적인 의미로는 만물이 푸른 봄철이라는 뜻으로 십 대 후반에서 이십 대에 걸치는 젊은 나이라고 한다.

'그럼 이십 대가 지나면 청춘이 아니게 되는 건가.'

예전 할아버지가 하신 말씀이 생각이 난다. 할아버지는 냇가에서 고둥을 잡는 것을 좋아하셨는데 고둥을 잡기 위해서는 허리를 숙인 채 투명한 유리 망으로 물속을 장시간 동안 바라보며 집중을 해야 했다. 그런 할아버지께 "허리 아프신데 왜 하시는 거예요?"라고 질문했더니 할아버지는 "인석아, 할아버지는 아직도 청춘이야."라고 말씀하셨다. 어렸던 나는 당연히 그 말뜻을 이해하지 못했고 "에이, 할아버지가 어떻게 청춘이에요. 청춘은 젊어야 하는 거잖아요."라고 말했다. 할아버지는 그런 나의 대답에 웃으시며

"그것은 편견일 뿐이란다. 청춘은 나이를 가리지 않아. 내가 청춘이면 청춘인 거지."라고 말씀을 해주신 기억이 있다.

어린 내가 어른이 된 지금, 그 말의 속뜻을 이해할 것만 같다. 너무 어려 잊고 있었던 중요한 사실, 청춘은 나이를 가리지 않는다. '난 이제껏 청춘은 이십 대가 지나면 끝이라는 편견 속에서 살고 있었구나.' 하며 내 생각이 잘못됐음을 알고 반성한다. 뜨겁게 사랑하고 가슴 찢어지게 아파하며 이별하는 일. 친구와 여행을 떠나서 시시한 일상이 특별한 일상이 될 수 있음을 자각하는 일. 모두 이십 대가 지났다고 해서 하지 못하는 것이 아닌데. 이제껏 마음속에 청춘이 다 지나기 전에 얼른 뭐라도 해야 한다는 강박이 자리 잡아 정작 청춘을 걱정만 하다 제 할 일도 못하고 보내버린 것은 아닐지. 청춘이라 하여 굳이 특별한 일을 하지 않아도 된다. 내가 살아가는 모든 날이 청춘이니까.

지금 나는 친구, 가족, 사랑하는 연인과 함께할 수 있는 내 청춘을 사랑하려 한다. 할아버지 말씀처럼 지지 않는 청춘을 더 사랑하며 그렇게 하루하루를 살아갈 것이다.

정상

끊임없이 오르고 오르다 보면 분명 곧 만나게 될 거라고 생각하고 돌부리에 걸려 넘어져 피가 나는데도 이깟 상처 하나쯤 정상에 오르기 위해서는 별거 아니라며 달려 나갔다. 그렇게 중간쯤 올랐을 때였을까. 넘어졌을 때 난 상처가 벌어져 이미 많은 피가 흐르고 있음을 통증을 통해 알게 되었다. 그때 속으로 후회가 물밀 듯이 밀려왔다. 상처가 생겼을 때 조금만 쉬다 갈걸. 그랬다면 이렇게 정상 문턱 앞에서 주저앉을 일도 없었을 텐데.

세상 흐르는 속도가 너무 빠르다. 숨이 차서 낙오되는 사람들도 많다. 하지만 빨리 가지 못한다고 해서 도착하지 못하는 것은 아니다. 남들보다 조금, 아주 조금 늦게 도착할 뿐. 빨리 달려가는 사람들은 의외로 보지 못하고 지나치는 것들이 많다.

상처가 생겼을 때는 좀 쉬어갈 줄도 알고, 시원한 공기도 마셔보고, 아름다운 경치도 좀 보면서 그렇게 천천히 걷다 보면 어느새 자신도 모르게 정상에 올랐음을, 늦었지만 더 많은 것을 가지고 도착했음을 알게 되는 순간들이 반드시 온다. 그러니 우린 모두 달려가지 않아도 된다. 쉬어가도 괜찮다.

뭉툭하게 닳아빠진 감정들

최대한 아무렇지도 않은 척해야 할 것 같았지. 눈물 따윈 모르는 사람처럼. 뭉툭하게 닳아빠진 감정들이 심장에 족쇄를 채운다. 감정을 드러내지 말고 숨기라는 것을 무의식이 알려주는 것처럼 세게 심장을 쥐어짠다. 스스로 상처를 더 깊게 내고 있다는 걸 안다. 그럼에도 멈출 수가 없다. 이런 게 이미 익숙하니까. 멈추는 방법을 알지 못하니까. 깊은 내면에 자리 잡은 불안과 상처는 밖으로 튀어나와 엄지손톱을 갉아먹는다.

그럼 이렇게 계속 살아갈 거야? 스스로를 가두고 상처 주면서 정작 너 자신도 잘 모르는 상태로?

마음속에 외침 같았던 스스로에게 건넨 질문이었다. 나 자신이라, 나는 어떤 사람이더라. 능숙한 위로의 말보다는 어설픈 말 한마디가 전부이고, 사실 감정을 잘 숨기지 못하고, 작은 것에도 상처를 잘 받는 것. 이렇게 생각해보니 그동안 내가 힘들었던 이유를 잘 알 것 같다. 나는 이렇게나 약한 사람인데 강한 척 살아왔으니 힘들 수밖에 없었다.

무너지지 않으려 수도 없이 스스로에게 말을 걸었고, 위로를 건넸다. 내게 닿았던 목소리의 힘을 믿는다. 나도 언젠가 누군가의 꿈이 될 수 있을 거라는 것과 모든 상처와 기억들은 무뎌지며 흐려질 거라는 것. 그리고 나는 꽤 괜찮은 어른이 될 거라는 믿음까지. 희망의 번식력은 대단하다. 항상 다짐하고 생각했던 이 작은 희망이 내게 행복을 가져다줄 것이라고 믿는다.

부디

언제부터 그렇게 마음을 닫고 지냈는지 모르겠다. 다가오는 사람과는 적당한 거리를 유지하려 애썼고, 가까워진 사람과는 불편한 비밀을 만들기 일쑤였다.

사람을 함부로 믿어버리기엔 상처 가득한 세상이어서. 또다시 받아들일 용기가 나질 않아서 '적당히'라는 단어를 마음에 걸어두고 그렇게 삶을 살고 있었나 보다.

부디 따뜻한 사람을 만나 상처 없는 삶을 살기를. 닫혔던 마음이, 얼었던 마음이 녹아 따뜻해지기를.

영화

처음 가본 곳에서 우리는 길을 몰라 헤매곤 합니다. 그래서 항상 한 손엔 지도를 들고 천천히 목적지를 찾아가죠.

삶도 그래요. 매일이 새로운 삶의 시작이고, 한 치 앞도 내다볼 수 없는 것이 미래인데 헤맬 수도 있고, 실수하는 것도 어떻게 보면 당연한 거죠. 그렇게 완성해 가는 거예요.

부족한 부분들이 모여서 한 편의 멋진 영화가 되는 겁니다. 그러니 실수했어도 괜찮아요. 헤매어도 괜찮아요. 모든 것이 괜찮을 거예요.

나로 살아가요

잊고 살지 말아요. 가끔은 우울함을 즐기는 것도 하나의 용기라는 것과 남들보다 조금 뒤처져 있다고 해서 실패한 삶은 아니며 각자 자신의 때가 있다는 것을. 사람에게 상처받는 것을 두려워하지만 그러면서 스스로 단단해지고 있다는 사실. 사랑은 또 다른 사랑으로 분명 잊힌다는 것. 그러니 새로운 사랑을 겁낼 필요 없다는 것. 거센 비가 한 차례 오고 나면 탁했던 공기는 분명 맑아진다는 것. '나'로 살아가는 것이 얼마나 뜻깊고 멋진 일인지. 이 모든 것을 잊고 살지 말아요, 우리.

사람에, 사랑에, 상황에

오늘같이 추운 날, 거기다가 비까지 오는 습하고 시린 날이면 사람을 만나는 것조차 피곤해진다. 평소 맛있게 마시던 차도 맛이 없고, 아무리 웃기고 슬프고 설렘 가득한 영화나 드라마를 봐도 집중이 되질 않는다. 옆에서 쉴 틈 없이 울리는 메시지 알림음에도 짜증이 나서 소리를 꺼둘 만큼 신경질적이고 무기력한 날이 있다. 예전에도 이런 날이 있었던 것 같은데, 생각해보니 그때도 이랬던 것 같다. 지금처럼 힘도 없고, 정작 왜 그런지 이유는 모르는.

생각해보면 난 어쩌면 사람에, 사랑에, 상황에 지쳐버렸는지도 모른다. 그래서 그 모든 것에 평소와 다르게 반항하는 것인지도. 지쳐버렸다면 힘낼 생각하지 말고, 지쳐 있는 것도 괜찮을 것 같다는 생각을 한다. 굳이 힘낼 필요가 있을까. 지친 날에는 지쳐 있고, 내일 또 힘이 난다면 힘나는 하루를 살면 되는 것을.

속을 게워내는 연습

그는 눈물이 많은 사람이다. 하지만 눈물을 참는 일보다 우는 일을 더 힘들어했고 아픔을 표현하는 데 굉장히 서툰 사람이었다. 그래서 삼킨 눈물로 하루하루를 채워내느라 속이 쓰렸다고 한다. 사실 이런 부분은 지금을 살아가는 사람들이 대부분 느끼는 감정일 것이다. 망쳐버린 일상, 쓰린 속, 삼킨 감정들은 스스로를 더 지치게 만들고, '무의미하다'라는 말은 삶 순간순간을 따라다닌다.

겉으로는 아무렇지도 않은 사람인 것처럼 행동한다. '나'를 드러내는 것이 두렵기도 하고, 또 속마음을 들켜버릴까 싶어 스스로를 더 억압하는 것이다. 어느 날 억압만 하다 들여다본 속이 엉망진창이 된 것을 확인한다. 전보다 더 어지럽혀진 속을. 감춘다고 사라지는 것이 아니다. 그저 한구석에 차곡차곡 쌓일 뿐. 언젠가 모인 감정들이 터질 날은 분명 온다는 것을 간과하며 살아간다. 그 순간이 온다면 그때 정말 답이 없어진다. 작은 아픔들도 모이면 깊은 슬픔으로 변하고, 감당할 만한 크기가 아닌 게 되니까.

그는 여전히 눈물을 참는 일보다 우는 일이 더 힘들다고 한다. 그래도 조금씩 바꿔보려 노력하고 있다. 속을 게워내는 연습을 하다 보면 언젠가 비워진 속을 좋은 감정들로 채워갈 수 있을 테니까. 그럼 마음에도 봄이 와서 꽃을 한가득 피울 거라고. 우리는 필요하다. 속을 게워내는 연습이.

어른이 되어간다는 것

어른이 되어간다는 건 수많은 헤어짐을
겪어내는 것.
무거운 책임을 지고 살아가는 방법을
배워나가야 하는 것.
어린 시절의 그리운 추억과 친구가
서서히 잊히는 것.
무표정이 하루의 반을 차지해버리는 것.

어른이 되어간다는 건 그런 것.

남겨지지 못하는 아름다움

버스를 타고 집으로 돌아가는 길에 습관처럼 하늘을 바라봤다. 분홍빛으로 석양이 하늘을 물들였다. 그 아름다운 순간을 담으려고 눈으로 한 번 보고 사진으로도 담았다. 그런데 정작 찍은 사진을 들여다보니 눈으로 봤던 황홀함만큼 아름답진 않았다.

살다 보니 남겨지지 않는 아름다움도 있었다. 그 찰나의 순간이 아니면 완연한 아름다움을 담기란 어려운 것도 존재한다. 그래서 더 아름다운 것일지도 모르겠다. 남겨지지 못하기에 더 소중하고 아름다운.

인연

낯을 많이 가리는 성격이었고, 마음을 잘 내어주는 사람도 아니었다. 그래서 가깝게 지내던 사람들과의 교류를 즐겼고, 새로운 사람이 내 삶의 문턱을 넘으려고 하는 순간을 늘 경계했다.

심란한 일로 마음을 잠시 누이고자 가까운 곳에 홀로 짧은 여행을 떠난 적이 있다. 그곳에 작은 민박집을 예약했는데 그곳은 중년의 부부가 운영하는 곳이었다. 고즈넉하고 정겨운 분위기의 한옥 집이었고, 나를 꽤나 반겨주셨다. 그래서 낯선 곳이었지만 그렇게 낯설지만도 않았던 것 같다. 혹시 저녁 먹을 곳을 정해두지 않았으면 한 끼를 같이하지 않겠냐는 말에 덥석 "좋아요."라고 대답했다. 속으로 조금 놀라기도 했다. 낯을 많이 가리는 내가 처음 보는 사람들과 식사라니, 1시간 남짓한 시간 동안 꽤 많은 이야기를 나누었던 것 같다. 그러다가 속으로만 앓고 있던 고민들을 꺼내기 시작했고, 가까운 사람에게조차 꺼내지 못했던 고민들을 처음 보는 사람들에게 꺼내는데도 속을 들켜버렸다는 것에 불안하기보다는 잠시라도 터질 것 같았던 지친 마음을 내어줄 누군가를 만난 것에 다행이라는 생각을 했다.

분위기에 취한 내가 반주를 제안했다. 흔쾌히 허락해주신 주인아저씨, 아주머니와 즐거운 시간을 보냈고, 중간중간 조금은 엉뚱한 부분에서 눈물이 터져 나오기도 했다. 그분들은 우는 나를 위로해주셨고, 그날 마음의 짐처럼 사라지지 않던 걱정거리들이 하나둘 정리되기 시작했다. 가벼운 마음을 느낀 것이 꽤 오랜만이어서 어색했던 날이었다.

이때까지 스스로 틀을 만들고 그 틀 안에서 삶을 살았을지도 모른다. 틀 안에 있는 사람들의 말만 들으면서. 세상엔 얼굴을 마주하며 마음을 나눌 사람들이 의외로 곁에 많다. 그들이 오래된 인연이든, 옷깃만 스친 인연으로 닿은 이제 시작하는 인연이든.

더 이상 먼 들판에 홀로 서 있지 않는다. 밀린 걱정들을 떠올려가며 아파하지도 않고, 마음을 굳게 닫은 채 내게 오는 인연을 막지도 않는다. 시간은 참 많은 것을 변하게 했다. 내 곁에 다가와 준 이들에게 이 말을 꼭 전하고 싶다. 살아갈 계절들이 아프지 않을 거라는 사실을 알게 해줘서 참 고맙다고.

모든 순간

살다 보면 열심히 노력했지만 예상치 못한 일에 걸려 넘어져 상처를 받을 때도 있고, '왜 나한테만 이런 일이 일어나는 것인가. 어쩌다 한번 들여다본 세상 속 주변 사람들은 저리도 행복하게 살아내고 있는데.' 하는 생각이 들기도 하고, 남들 다 쉽게 하는 일상에서 느낄 수 있는 사소한 행복을 나만 느끼지 못한 채 살아가는 것 같아서 허무해지고, 우울 속에 갇히는 순간이 있었을 거야.

그런데 남들도 똑같더라고. 나보다 더 나은 삶을 살고 있을 거라 생각했던 그 사람들도 알고 보면 불행을 온몸으로 맞으면서도 어쩌다 한번씩 찾아오는 행운에 행복해하며 '그래. 이런 게 삶인 거지.' 그러면서 사는 거라고 스스로 다독이면서 살아내더라고. 그러다 보면 나쁜 일에 가려져 보이지 않던 행복을 찾게 되더라.

그러니 네가 지금 아파도 괜찮아질 거고, 불행을 겪고 있어도 곧 괜찮아질 거야. 결국엔 이겨낼 테니까. 너의 모든 순간을 응원할게.

인간관계

많은 사람과 대면하고
수많은 사람들 속에서
나의 인연들과 만나게 되고
그러다가 적지 않은 사람들과
이별하기도 하며
꼬인 관계를 풀어낼
용기가 없어
엉킨 채 살기도 한다.

요즘 사람들은 많이 지쳐 있다.
인간관계에.

벽

꿈이란 것이 참 추상적인 것 같다가도 끊임없이 노력한 사람에게는 직접적인 실체로 다가온다. 왜 우리는 꿈을 꾸다가 도중에 포기를 해버리는 걸까.

그건 아마도 현실이라는 거대한 벽을 넘을 자신이 없거나 안전하게 벽 안에 머물러야겠다는 마음이 스스로를 흔들기 때문일 것이다.

만약 벽 앞에서 고민을 하고 있다면 나는 당신이 그 벽을 넘기 위해 한 발짝 다가서기를 바란다. 벽을 넘으면 그 앞에 무엇이 펼쳐져 있을지 아무도 모르니, 쉽지 않은 일이란 걸 그 누구보다 잘 안다. 넘어가려다 보면 상처도 많이 생길 것이고, 지쳐 쓰러질지도 모를 일이지만 좋았던 장면도, 나빴던 기억도 시간이 흐르면 과거의 한순간이 된다.

훗날 그 시간들을 걸어와 꽃길을 밟을 수 있었다고 기쁨에 가득 차 뭉클해지는 시간도 분명 올 것이다. 별을 바라보던 내가 어느새 반짝이는 별이 되어 있을 거라고, 누군가의 꿈이 될 그 찬란한 별이.

혼자 있는 시간

혼자서 무언가를 하는 일이 부쩍 늘었다. 혼자 영화를 보고, 혼자 식당에 들어가 끼니를 해결하고, 혼자 카페에 가서 시간을 보내고, 혼자 거리를 거닐기도 한다. 예전엔 '혼자' 무엇을 하는 것에 두려움이 있었다. 혼자라는 단어는 외롭다는 단어를 대신하는 말이기도 했으니까. 외로운 사람이 되고 싶지 않았고, 외로운 사람으로 보이기 싫었다. 그래서 무엇을 하든 주변 사람들과 함께했다.

그런데 시간이라는 것이 정말 웃긴다. 나이가 한두 살 늘어가니 점점 혼자가 되는 것에 익숙해지고 있다. 굳이 혼자가 되어가는 이유를 말하자면 주변 사람들과 내가 바빠진 탓이라 하겠다. 늘 함께 하루를 지내고 똑같은 일상을 공유했던 학생에서 각자의 길을 걸어가는 성인이 된 지금. 세월이 흐르면 상황도, 신분도, 성향도 조금씩 변화한다. 그런데 이 혼자가 되는 상황이 누군가 내 곁을 떠나는 것이 아니라 그저 각자의 삶에 더 집중하기 때문이라 외롭거나 아프진 않다.

혼자가 되는 일을 두려워하던 내가 혼자가 되는 것을 즐기고 있다.
혼자가 되는 일이 그렇게 나쁜 일만은 아니라는 것. 내 인생에 좀
더 집중하게 되었다는 것. 여러모로 좋은 의미다.

따뜻한 세상

각박하다, 세상이. 칭찬하는 것에 메말라 있고, 서로 질투와 시기를 하고, 스스로 누군가에게 독이 될 상처를 주고 있다는 사실도 모른 채로 상처를 주며 살아간다. 그렇게 세상에 짓눌리다 보면 점점 작아지는 스스로에게 힘없이 한마디 뱉어낸다.

'그래, 난 이 정도였던 거야.'

세상의 질타로도 모자라 이젠 스스로에게 상처를 주게 되는 상황. 우리가 살아가는 지금이 그렇다.

한때 따뜻한 세상을 바라기도 했다. 한마디라도, 한 사람이라도 따뜻한 말을 뱉어낸다면 온기 가득한 세상이 되어주지 않을까 하고. 여전히 그런 세상을 바라고 있다. 말 한마디로 사람을 죽일 수도 있는 세상이지만 동시에 말 한마디로 사람을 살릴 수 있는 세상이기도 하다. 오늘부터라도 주변 사람들에게 따뜻한 말을 건넬 수 있기를. 그 따뜻한 말을 스스로에게 먼저 해주기를.

살아가는

삶은 늘 그랬다. 한 치 앞을 가늠할 수 없어 넘어지고 상처받아 아파하고, 그러면서도 이 삶 어딘가에 희망은 분명 있을 거라는 작은 믿음 덕에 넘어져도 훌훌 털고 일어날 용기를 낼 수 있었다. 어쩌면 우리가 살아가는 인생은 고단함으로 가득 찬 거대한 불행 덩어리일 수도 있겠고, 지옥보다도 더한 고통일 수도 있겠다. 그럼에도 살고 싶어지는 건 내가 사랑하는 사람들이 아직은 곁에 있어서 힘들어도 버틸 힘이 나니까. 살아가는 모든 날이 아름다울 수 있는 거라고. 그러니 힘든 삶이라고 주저앉지 않기를 바란다.

포기

몇 년을 고생하며 전공을 살리던 친구가 전공을 포기했다. 맞지 않은 옷을 입은 것 같이 불편하고, 이 일을 생각하고 미래를 바라보면 미래가 보이지 않는다고 했다. 꾸준히 노력해왔던 만큼 포기하는 데에도 오랜 시간이 걸렸을 것이다. 그럼에도 포기와 동시에 주변에서 질타가 쏟아졌다고 한다.

"그 시간들이 아깝지 않냐."
"부모님이 속상해하시겠다."
"좀 더 버텨보지."
"이제 와서 무슨 다른 일이야."

하나같이 부정적인 말들뿐이었고, 그 때문에 '잘못된 선택을 한 것이 아닐까.'라는 생각이 든다고 친구가 말했다. 미래에 대한 불안감으로 힘들어하던 친구에게 등을 쓸어내리며 뱉어낸 문장들.

"네가 잘못된 것이 아니야. 포기하느라, 마음고생 하느라 그동안 정말 힘들었겠다. 지금은 불안해도 걱정하지 말자. 분명 이겨낼 거야. 그리고 꼭 잘될 거야. 열심히 해서 질타를 보냈던 사람들에게 보란 듯이 보여줘. 결국은 네가 맞았던 거라고. 나는 너의 선택을 존중해. 기죽지 말고 열심히 해보자. 그리고 보여주는 거야. 그날의 선택을 후회하지 않을 만큼 충분히 행복해졌다고."

한숨만 연신 쉬어대던 친구가 고개를 들고 나지막한 목소리로 말했다. 믿어줘서 고맙다고. 처음이라고 했다. 전공을 포기했을 때 모두 다 안 될 거라는 부정적인 말뿐이었는데 자신을 믿어주는 한 사람이라도 있어서 정말 다행이라고.

선택한 길에서 충분히 행복해졌으면 좋겠다. 내가 아끼는 친구가, 사랑하는 친구가 상처받지 않고 좋아하는 삶을 살아갔으면 좋겠다.

머피의 법칙

안 좋은 일들만 연속해서 겹치는 날이 있다. 머피의 법칙은 나에게만 적용되는 것처럼 하는 일마다 장애물이 질리도록 나타났고, 가다가 멈추고 가다가 멈추고, 꼭 사고 나기 직전의 브레이크 고장 난 차를 탄 것처럼 위태로운 느낌이었다. 너무 잦은 불행에 화가 났고 좌절했고, 그다음엔 불행에 지쳐 이 모든 상황을 그냥 수긍해버렸다. 내 삶은 불행이 행운보다 더 많이 차지했다는 생각이 들다가도 불현듯 찾아온 뜻밖의 행운 앞에 행복한 미소를 짓기도 했으며 희망적인 날들도 분명 있었고, 앞으로도 있을 거라는 생각에 마음을 다시 다잡기도 했다.

롤러코스터같이 들쑥날쑥한 인생을 겪어낸다면 끝에는 분명 짜릿한 추억들이 많이 남을 것이다. 그것이 불행이든 행운이든 관계없이 나를 만들었던 순간의 날들을 기억하며 이 삶에서 나라는 사람을 남기고 싶다. 나는 이런 삶을 살았던 거라고. 꽤 괜찮은 날들이었다고.

너도 너 스스로를 사랑해주기를

스스로 얼마나 가치가 높은 사람인지 당신은 잘 모른다. 잘 살고 있는 것 같다가도 누군가 아무 생각 없이 툭 던진 비판적인 말에 상처를 받고 '정말 내가 그런 건 아닌가.'라는 생각으로 하루를 걱정으로 채운 적은 없었는지 생각해볼 필요가 있다.

그럴 때일수록 내가 나를 사랑해줘야 한다. 나는 가치가 높은 사람이라고. 사랑받기 충분한 사람이라고. 그런 나를 깎아내리려는 사람이 있다면 한마디 날려주자. 너도 스스로를 사랑해주기를 바란다고. 그러니 남의 가치를 깎아내리는 것으로 네가 가진 가치까지 깎아내리는 어리석은 행동은 하지 말라고.

우리 모두는 소중한 사람들이니까.

기억해요

이거 하나만 기억해요.
당신은 누군가의 심장이기도 하고
누군가의 꿈이기도 하다는 것을.

당신조차도 스스로를 함부로 할 수 없다는 걸.

그러니까 나쁜 생각은 말아요.
당신, 누구보다 귀중한 사람이에요.

믿음

상대에게 무언가를 바라기 전에
스스로를 먼저 돌아볼 것.

나는 상대에게 얼마만큼의
믿음을 주는 사람이었나.

내가 상대에게 불확실한
사람은 아니었나.

모름지기 나부터 지킬 수 있어야
상대도 지킬 수 있는 것이며
나부터 믿어야 상대도 나를 믿을 수 있는 거니까.

그냥 아무 생각 없이 따뜻한 방에서
맛있는 음식을 먹으면서
재밌는 영화나 한 편 봤으면 좋겠다.
그래서 걱정 따위는 생각조차 들지 않는
그런 밤을 보냈으면 좋겠다.

상처 가득한 마음을 잠시 밖에 꺼내두고
꺼내둔 마음을 피해 조용한 곳에서
잠시 쉬고 싶다.

괜찮은 사람

그거 알아요?
당신 참 괜찮은 사람이라는 거.
정말 좋은 사람이고, 사랑받기에도
충분한 사람이니까 자신감을 가져요.
스스로 느끼는 것보다 훨씬 더
괜찮은 사람이니까.

긴 밤

긴 밤이 오면 늘 그렇듯 길을 잃었다. 그렇게 헤매고 헤매다 만난 고단함과 싸우기를 반복. 결국 지는 쪽은 내 쪽이더라. 처음부터 이랬던 것은 아니다. 작은 아픔은 말하지 않고 그저 묵묵히 감정을 숨겼고, 그렇게 덮고 가리다 보니 걷잡을 수 없게 된 거였지.

내가 길을 잃어버린 계절은 언제나 차가웠고 아프도록 시렸다. 온기 가득한 곳을 찾으려 발버둥 치다 보니 고독은 더 깊게 다가왔고, 어떻게 해야 이곳을, 이 감정을 벗어날 수 있는지 순간마다 고민을 한다.

사람 사는 것은 다 똑같다. 우리가 느끼는 감정은 모두가 느끼는 감정이며 이 감정을 지나온 사람들도 있을 것이고, 아직까지 지나오지 못하고 아픔의 시간을 보내는 사람들도 있을 것이다.

그러니까 결론은 이 모든 순간도 지나갈 것이라고. 힘든 고단함을 지나 훗날 웃으면서 그 순간을 말할 수 있는 날이 올 것이라고. 눈물은 마음껏 쏟아내도 좋으니 지금 고단하고 힘들다고 주저앉지만 말기를. 언젠가 잃어버린 계절의 시린 추위가 따스한 봄볕이 되어 나를 반겨줄 테니까.

희망의 번식력

안녕하세요, 아저씨. 제가 그곳을 떠나온 지도 벌써 여러 계절을 지나고 있네요. 그곳의 온기는 여전한지 궁금합니다. 떠나올 때만 해도 사랑하는 사람들이 전해주는 온도가 너무 따뜻해서 덥기까지 했는데 지금 여기서의 저는 그곳의 온기가 너무 그립습니다.

이곳에서의 저는 가끔 희망을 잃어버렸다는 생각을 할 때가 있어요. 큰 슬픔과 절망은 나를 가두고 고립되게 만들기도 하며 미래를 생각하면 갑갑하고 답답하기만 한.

어쩌면 지금의 상황이 나를 그렇게 생각하게 만드는 것 같습니다. 그럴 때 아저씨가 해준 말들을 떠올려봅니다. 그때 해주신 말들이 다행히 마음속 깊게 자리 잡아 나쁜 생각이 자라나려고 하는 걸 막아주곤 합니다. 기억 나시는지요. 희망의 번식력은 대단하다는 말. 불행한 것 같다가도 언젠가 품었던 작은 희망이 자라나 스스로를 바꿔 놓을 거라는 것. 희망의 번식력은 대단하다는 아저씨의 말을 믿어요.

깊은 슬픔에 빠져 있다면 그 슬픔이 너무 깊어 보이지 않는 것뿐이지 희망은 삶의 순간순간을 따라다니며 우릴 지켜주고 있다고. 희망은 내 곁을 지켜주는 사랑하는 사람들일 수도 있고, 이루고 싶은 꿈일 수도 있다고. 희망의 형태는 제각기 다르게 다가오는 거라고. 작은 씨앗 같은 희망은 마음에 머물며 점점 자라나게 되고 자라난 희망은 우리 온몸에 번식할 거란 말. 희망도 마음먹기에 따라 달라진다는 것을. 그러니 작은 희망을 가질 수 있도록, 그래서 희망이 시작될 수 있도록 기도해주세요. 희망이 없어졌다는 착각이 들지 않을 만큼 희망을 믿을 수 있기를, 그래서 함부로 소중한 인생을 놔버리는 일은 없기를. 간절히 기도해주세요, 아저씨.

걸음

내가 태어났을 무렵, 부모님께선 '천사가 태어난 것이 아닐까.'라는 생각을 하셨다고 한다. 오밀조밀 작은 얼굴에 다 갖춰진 이목구비하며, 작은 생명이 열심히 호흡하는 것이 새삼 놀라웠다고 하셨다. 부모님께선 본인의 손바닥 위에 내 손바닥을 올려보며 작은 손이 혹여 잘못될까 싶어 조심 또 조심하며 내려놓으셨다고.

시간이 흘러 나는 걷기 위해 수도 없이 넘어졌다고 한다. 혼자서 걸으려 손바닥으로 바닥을 누르며 점프하듯 일어서다가 그만 책상 모서리에 허리를 부딪쳐 울고, 그 이후에도 걷는 연습을 하다가 많이 넘어지고 부딪쳐 세상이 떠나가듯 펑펑 눈물을 쏟아냈다고 하셨다. 그럴 때마다 우는 나를 안고 달래며 괜찮다고, 괜찮다고 등을 쓸어내리며 달래면 뚝 그친 어린 내가 다시 걸으려고 연습, 또 연습했단다. 그 끝에 내가 처음 걸음마를 하게 되던 날. 부모님께선 내가 기특해 박수를 보냈다고 하셨다. 너무 어린 시절이어서 기억이 나진 않지만 그 얘기를 전해들은 나는 '어린 날의 나는 꽤 인내심도 강했고, 포기하지 않는 사람이었구나.' 싶었다.

하긴, 넘어지지 않고 누가 걸을 수 있을까. 그 누구도 넘어지지 않고 걸을 수 없는 건데. 아주 어린 날의 나도 걷기 위해 수도 없이 넘어지고 일어서는 연습을 하고 마침내 스스로 걸을 수 있게 된 것인데, 그동안의 나는 한 번 넘어진 걸로 쉽게 겁을 내며 포기해버린건 아닐까. 어떤 것을 이뤄내기 위해선 넘어지는 것이 당연한 건데. 그러니 이제부터라도 걷다가 넘어졌다고 해서 포기하지 말아야겠다. 그 어린 날의 내가 걷기 위해 꾸준히 노력했던 것처럼.

자주 넘어지던 순간들이 있었다. 내가 고등학교에 입학해 새로운 환경에 적응해나갈 무렵, 어느 수업시간에 선생님께서 칠판 중앙에 한 단어를 쓰셨는데 그건 바로 '꿈'이라는 글자였다. 혹시 꿈을 가지고 있다면 한번 이야기를 해보라고 하셨다. 그 말에 곰곰이 생각을 했다. 내 꿈은 무엇인지. 이제 갓 고등학교에 입학한 나에게 꿈이란 너무나도 추상적인 것이었고, 딱히 무엇이 되고 싶은 게 없었던 나는 "꿈이 없어요."라고 대답을 했다. 대답을 하고 나선 왠지 모르게 말의 어감이 이상한 것을 느꼈다. 꿈이 없다니. 하지만 없는 걸 있다고 할 순 없었다. 꿈이 없는 것이 사실인걸.

내 말에 선생님께선 지긋이 웃으시며 말씀하셨다. "꿈은 없는 게 아니야. 아직 너에게 찾아오지 않은 것뿐이지. 시간이 지나면 알게 될 거야. 스스로 하고 싶고 이루고 싶은 꿈이 무엇인지. 그러니 꿈 꾸는 것을 멈추지 마라."

고2가 되어 교내 백일장이 열렸다. 시, 소설 중 하나를 골라 제출해야 한다고 했다. 이 중 무엇을 고를지 고민하다가 끝내 고른 것은 시였다. 굳이 고른 이유를 꼽자면 적은 시간에 빨리 끝낼 수 있는 것이었기에. 마냥 어린 시절이라 빨리 끝내고 친구들과 놀고 싶은 마음이 강했다.

종이와 펜을 준비하고 제목을 정하기로 했다. 금방 끝낼 거라고 생각했던 것과 달리 꽤 긴 시간 동안 고민을 했다. 고민 끝에 가로등을 주제로 글을 썼다. 가로등이 주는 빛을 부모님의 사랑에 빗대어 표현을 했고, 운 좋게 뽑혀 교내 수상을 하게 되었다. 그 시는 내가 졸업할 때까지 교무실 앞에 걸려 있었고, 뿌듯함에 지나갈 때마다 읽었던 것 같다. 시간이 지나 고3이 되던 해, 진학할 대학을 써내라는 종이에 선뜻 어디를 갈지 적지 못했다. 어디를 가야 할지 고민도 되었고, 그때까지가 되어서도 좋아하는 일이 무엇인지, 내가 어떤 일을 하고 싶은 건지 정확한 목표가 없었다는 것이 그 이유였다.

고민 끝에 적어낸 곳은 유아교육학과. 그곳을 선택한 특별한 이유가 있던 것은 아니었다. 그저 안정적인 직업이 무엇일까 생각하다가 선택하게 된 거였지. 그곳에 진학을 해서 수업을 받았고, 새로운 사람들을 만나기도 했고, 졸업도 했다. 지금은 전공을 살려 일을 하고 있다. 굳이 말하자면 적성에 맞지 않는 일은 아니다. 일에 대한 자부심을 가지고 있지만 여전히 마음 한곳에 비어 있는 꿈의 자리가 허전함을 느끼게 했다.

사회로 나와 일을 하게 된 지 얼마 안 됐을 무렵에 나는 꽤 많이 지쳐 있었다. 뜻대로 풀리지 않는 일에 스트레스가 많이 쌓여 있었고, 쉴 새 없이 쏟아지는 업무에 내 시간을 제대로 가지지 못했고, 흘러가는 시간 속에서 허무함마저 느꼈다. 그러다가 서점에 들러 책 한 권을 읽었다. 책 속의 몇 문장으로 그간 묵혀 있던 감정의 응어리들이 단숨에 밖으로 흘러나왔다. 책의 위력이란 대단한 것임을 그때 새삼 느꼈고 집으로 돌아와 여러 가지 다양한 책을 사서 읽기 시작했다. 위로가 필요했던 시기에 수많은 위로를 받았다. 그렇게 마음 한곳에서 천천히 자라나고 있었다. 내가 원하는 꿈이.

글을 쓰기 시작했다. 펜을 쥐었다 놓았다 갈피를 못 잡은 문장들이 어수룩하게 널브러져 있을 때도 쉽사리 잠들지 못하고 책상 앞에 앉아 조명 하나 켜두고 글을 썼다. 한 번 앉고 나면 몇 시간 동안 진득하게 펜으로 종이를 눌렀다. 내 생에 처음으로 좋아하는 일을 하고 있었다. 글을 쓰면서 많은 것이 달라졌다. 삶을 살아내는 마음가

짐이, 그리고 행복하다는 생각을 하게 되는 날들이 잦아지기도 했다. 처음이라 서툴렀던 짧은 글들이 아직도 컴퓨터에 저장되어 있다. 지금 보면 서툴고 부족한 글귀지만 꿈의 첫걸음이라 생각하니 귀하고 소중하게 느껴졌고, 그렇게 매일 글을 써 내려갔다. 어느새 수백 개의 글들이 컴퓨터에 저장이 되었다. 글을 쓰면서 목표가 생겼고 꿈이 생겨났다. 본격적으로 글을 쓰기 시작한 지 1년이 되어갈 때, 나는 인생에서 처음으로 내 이야기를 세상 밖으로 꺼낼 수 있었다. 처음 세상 밖으로 꺼낸 책은 감격스러웠고, 뿌듯했고, 내가 행복하게 살아갈 원동력이 되어주었다. 어느덧 두 번째 책을 준비하며 글을 쓰고 있는 지금, 벅찬 순간이 아닐 수 없다.

여전히 나는 쓰린 속에 아플 때가 많고 수시로 찾아오는 장애물에 걸려 자주 넘어지곤 한다. 그래도 전처럼 많이 힘들어하진 않는다. 꿈이 생겨난 지금, 여렸던 마음에 힘이 생겼고 고등학교 시절 선생님이 해주신 말씀이 마음을 떠돌아다닌다. 아직 꿈이 없다며 좌절하는 사람들에게 선생님의 말씀을 전해주고 싶다. 꿈은 없는 게 아니라고, 아직 나에게 찾아오지 않았을 뿐. 그러니 꿈꾸는 것을 멈추지 말라고.

괴로웠던 일

세상에 괴로운 일이 참 많지. 뭐 하나 내 뜻대로 되는 것도 없고, 어쩔 땐 세상 전체가 나를 등진 것 같다는 느낌이 들 때도 있어. 웃긴 건 슬픔에 잠겨 있을 때도, 지쳐서 더 이상 나아갈 힘이 다 빠졌을 때도 시간은 여전히 흐르더라. 다 멈춰져 있다고 생각했는데 시간은 재깍재깍 소리를 내며 흘러가더라고. 그래, 그때부터였던 것 같다. 시간이 어느 정도 흐르면 다시 괜찮아질 거라고 믿은 것이. 이런 진부한 말을 믿는 사람이 아니었는데 내가 겪어보니 알겠어. 그 어떤 절망도, 슬픔도, 아픔도 결국엔 무뎌지더라.

앞으로도 지금껏 그랬듯 많은 상처들이 다가올지도 몰라. 너는 그 앞에서 또 좌절하고 아파하며 상처받겠지. 그래도 이거 하나만은 잊지 말자. 시간은 언제나 흐르고 있고, 너는 또 괜찮아질 거란 걸. 또 열심히 살아갈 거라는 걸.

하찮다

'하찮다'는 사전적 의미로 그다지 훌륭하지 아니하다는 뜻의 단어이다. 우리는 살면서 이 단어를 얼마나 사용할까. 나 스스로 이런 단어를 내 이름 앞자리에 붙여 놓고 자신에게 질타를 보낸 적은 없을까.

하찮은 사람. 그동안 많은 사람들의 고민을 들었다. 그중 가장 큰 비중을 차지했던 건 자존감에 대한 물음이었는데, 스스로에게 확신이 없어 태어난 것 자체가 하찮게 느껴진다는 것이었다. 마음이 아팠다. 이런 생각을 나도 예전에 한 적이 있으니까. 왜 사냐는 질문엔 죽지 못해 산다며 우스갯소리로 말했지만 속마음이 씁쓸해지던 때, 잘하는 것이 하나도 없고 삶의 의욕도 없다며 투정 부리던 때.
결론은 난 하찮은 사람 같다던 그때.

누구에게나 슬럼프가 찾아오는 시기가 있다. 이상하게 모든 게 재미가 없어지고, 우울하고, 자신의 존재에 대해 끊임없이 의심하고, 존재의 이유를 찾아 확신을 가지며 살고 싶어지는 시기가 올 것이다. 그런 사람들에게 공통적으로 해주던 말이 있다. 그것도 한때라고, 끝없는 절망이 나를 집어삼킬 것 같은 기분이 들어도 결국은 헤쳐 나오게 된다고. 세상에 하찮은 것은 그 어디에도 없다. 당신은 누군가에게 가장 소중한 사람이며, 누군가에겐 심장 같은 존재인 것을. 지금 이 글을 읽는 당신이 혹시라도 자신을 하찮게 여기며 혼자서 상처받고 있다면 이렇게 말해주고 싶다. 당신은 하찮은 존재가 아니라고, 누구보다 귀한 사람이라고.

예전에 살던 동네를 오랜만에 걸었다. 나는 대구에서 태어났다. 그
곳에선 8년을 살다가 다른 곳으로 이사를 했는데 많이 어린 시절이
었지만 굵직하게 추억들이 남아 있다. 어렸던 내가 어느덧 어른이
되어 다시 그 동네를 찾았다. 예전에 살던 동네를 회상하며 그 길을
걸어 나갔다. 당시에는 공사 중이었던 곳에 상가가 들어섰고, 놀이
터에서 놀고 있으면 아이스크림을 꼭 하나씩 사주시던 동네 할아
버지도 더 이상 볼 수 없었지만 그때를 추억할 수 있는 지금이 나는
너무, 그저 마냥 좋았다. 이어폰을 두 귀에 꽂아 좋아하는 노래를
귓가에 울리게 해 놓고 천천히 걸었다. 다녔던 초등학교에 가서 줄
곧 앉아서 내려오지 않았던 그네도 한번 타 보았고, 한없이 높아 보
였던 철봉이 내 가슴팍에 닿을 만큼 낮다는 것도 알게 되었다.

뭘 하든 행복했던 그 시절. 세상의 모든 것들이 반짝였고 호기심이
넘쳐나던 시간들. 그 시절이 사무치도록 그리울 때가 있다. 돌아갈
수 없기에 더 소중해지는 추억들이. 온 마음을 쏟아 부었던 그 시간
이.

나의 장점

긍정적인 말보다는 부정적인 말들이 세상을 가득 채웠다. 조금의 실수에도 마음을 헤집어버리는 말들이 심장을 찌르는 세상. 우리는 그런 세상을 살아내고 있다. 이런 세상에 익숙해지다 보니 결국 남은 건 상처뿐이었다.

학교 다니던 시절, 무슨 수업이었는지 정확히 기억은 나진 않는데 서로의 장점을 적어보는 시간을 가졌다. 거의 서른 명 가득한 교실에서 한 사람당 한 개씩, 서른 개의 장점을 적어내야 했다. 그중 친한 친구들의 장점을 적는 데에는 어려움이 없었지만 여기서 문제는 별로 친하지 않은 친구의 장점을 적는 일이었다. 나는 장점을 적어내야 하는 친구들의 얼굴을 한 번 더 살펴보며 평소 그 친구들의 행동을 생각해보았다. 그런데 곰곰이 생각해보니 그 친구들의 좋은 점은 꽤 많이 있었다.

친하지 않더라도 그 애의 좋은 점은 분명 보였다. 첫 번째 친구에 대한 칭찬은 '미소가 예쁘다.'였고, 두 번째는 '리더십이 있다.'였고, 세 번째는 '주변 사람을 잘 챙긴다.'였다. 각자 적어낸 것들을 앞으로 나가 발표를 했고, 칭찬을 받은 아이들은 조금은 쑥스러워했지만 얼굴엔 웃음꽃이 피어났다. 나는 내 칭찬으로는 어떤 것들이 나오는지 기대심을 가지고 들으며, 노트를 펼쳐 한 개씩 들리는 칭찬을 적었다. 서른 개의 칭찬 중 가장 기억에 남는 말은 상대의 이야기를 잘 들어준다는 것이었다. 나는 누군가에게 그런 사람으로 보였다는 생각에 기분이 좋았다.

학교를 다니던 시절엔 선생님께서 만들어주신 공간 안에서 서로를 칭찬할 수 있었다. 그때 그 시간을 나는 여전히 기억한다. 그래서 나는 사람들을 보면 그 사람에게서 느껴지는 좋은 부분을 꼭 말해주려 노력하고 있다. 긍정적인 말은 온기 가득한 세상을 만들어내기 충분하다. 어른이 되었다 하더라도 사람은 완벽할 수 없으니까 우리는 서툰 어른으로 살아가는 것이다. 어쩌다 실수 한번 했다고 자신을 질책하지 말았으면 한다. 당신은 좋은 점이 더 많은 사람이니까. 당신의 좋은 점을 언제나 잊지 않기를 바란다.

코스모스

한 날엔 익숙한 거리를 걷다가 길가에 피어난 코스모스를 발견했다. 늘 걷던 거리인데 언제 피어난 지도 모를 예쁜 꽃들이 잔뜩 피어 있었고, 그 광경은 지나가던 사람들을 한 번쯤 멈추게 할 만큼 아름다웠다. 꽃 같은 것은 절대 피어날 수 없다고 생각한 장소였다. 그런데 그런 곳에 꽃이 피었다. 그렇기에 바라보는 시선은 더욱 특별할 수밖에 없었다. 가던 길을 멈춰 선 채 카메라를 들어 사진을 찍었다. 찍힌 사진이 꽤나 마음에 들어서 기분이 좋았다.

저렇게 투박하게 파인 곳에서도 이렇게 어여쁜 꽃이 피는데 당신이라고 못 피어날 이유가 있을까. 어떤 자리에 있든 각자만의 속도로 꽃은 피어나고 있었다. 어쩌면 피워내기 위해 아파야 하는 건지도 모르겠다는 생각을 한다. 과정이야 어찌 됐건 그 끝엔 결국 피워낼 것이라고. 당신도 언젠가 가슴 벅차도록 아름답게 피어날 것이다.

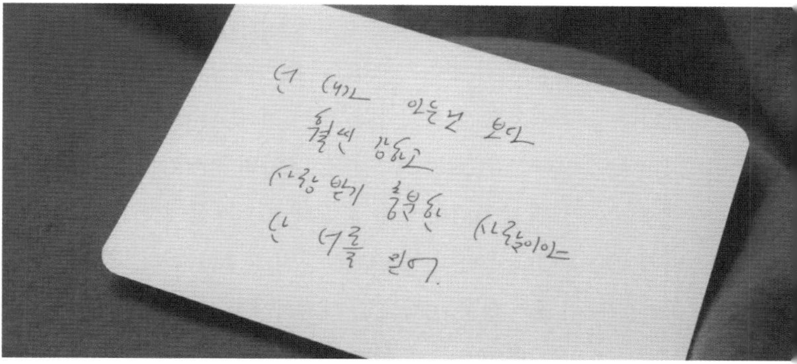
넌 네가 아는 것 보다
훨씬 강하고
사랑 받기 충분한 사람이야
난 너를 믿어.

카렐교

아직 해외 경험이 없는 내가 언젠가 꼭 한 번쯤 가보고 싶은 곳이 있다. 체코에 위치한 프라하. 단어만 떠올려도 설렘이 가득해지는 곳이다. 그곳에서 가장 보고 싶은 것이 있다면 나는 당연 카렐교라고 말할 것이다. 카렐교는 블타바 강 우안의 구시가지와 좌안 언덕 위에 우뚝 세워진 프라하 성을 연결해주는 체코에서 가장 오래된 다리이자 유럽에서 가장 아름다운 다리 중 하나이다. 카렐교에서 바라보는 야경은 상상 이상으로 화려하다고 들었다. 평소 야경을 사랑하는 나는 국내에 예쁜 야경이 있는 곳을 찾아다닐 정도로 좋아한다. 특별히 좋아하게 된 계기는 잘 모르겠다.

삶이 퍽퍽해지던 순간이 있었다. 맥주 두 캔을 사서 혼자 집 앞 강변으로 나섰고, 그곳에 앉아 정리되지 않은 마음을 애써 진정시키며 술과 함께 삼켰다. 그렇게 한참 숙이고 있던 고개를 들어 앞을 바라보는데 언제 켜졌는지 알 수 없는 불빛들이 다리 전체에 켜져 있었고, 곳곳에서 피어오르는 불빛이 시선을 한눈에 사로잡았다. 좀처럼 나아지지 않던 마음이, 기분이 거짓말처럼 좋아지기 시작했다.

그때를 지나온 나는 그날 무슨 일 때문에 맥주 두 캔을 들고 강변을 찾았는지 기억이 나질 않는다. 기억나는 거라곤 그곳에 눈에 다 담기 힘들 정도로 아름다운 야경이 있었다는 것뿐.

어떤 장면은 나쁜 기억을 덮을 만큼의 힘이 있다는 것을 그때 처음 알았다. 언젠가 카렐교를 찾게 되는 날, 그때도 좋아하는 맥주 두 캔을 사들고 한참을 멍하니 아무 생각 없이 앉아 있고 싶다. 아마 그곳에서의 몇 시간이 긴 세월 동안 마음에 머물며 나를 살게 할 것이다.

나를 살게 만드는 문장

오늘은 가만히 앉은 자리에서 벗어나지 않고 진득하게 책을 읽었다. 그간 바빴던 탓에 미처 다 읽지 못했던 책이었다. 그렇게 한참을 읽어 내려가다 어떤 한 문장이 마음에 훅 들어왔을 땐 다음 페이지를 넘기지 못하고 그 문장을 여러 번 곱씹었다. 마음을 쿵 하고 내려앉게 만들었던 그 문장.

어떤 문장은 나를 그곳에 살게 했다. 그곳의 나는 더 이상 아프지 않았고, 그 어느 때보다 따뜻해졌다. 이런 글을 읽을 수 있는 나는 정말 행복하다고. 누군가를 살게 만드는 글은 세상에 분명히 있음을 확인했다. 그런 글을 쓰고 싶다. 문득 들여다본 페이지에 마음을 어루만지기 충분한 위로가 있는 그런 글을.

더 이상

별의 정체

친구들과의 만남을 마무리하고 집으로 돌아오는 길이었습니다. 옆에는 같은 동네에 사는 친구가 걸음을 함께하고 있었고요. 노느라 시간 가는 줄 몰랐던 탓에 조금은 늦은 귀갓길이기도 했습니다. 같이 걷던 친구가 위쪽을 유심히 쳐다보더니 "저게 뭐지?"라고 말했습니다. 저는 "뭔데?"라고 대답했어요. 그러자 친구가 말하길 "아니, 하늘에 떠 있는 별이 조금 이상해. 저런 건 처음 보는 건데."

그 말에 제 시선도 하늘을 향했습니다. 눈앞에 보이던 별들이 이상하리만치 한 곳에만 유독 몰려 있었고, 무언가 연결된 것처럼 보였어요. 저도 그런 별들을 처음 보았기 때문에 집으로 걸어오는 내내 그 별의 정체에 대해 이야기를 나누었습니다. "저 별들은 별자리가 틀림이 없어. 그렇다면 어떤 별자리일까?" 곧바로 둘 다 핸드폰을 들어 검색을 하며 오리온자리다, 전갈자리다 그렇게 한참을 이야기했습니다. 결국 어떤 별자리인지 찾을 수 없었어요. 사실 우리가 바라본 별들이 별자리인지도 잘 모르겠습니다. 그저 마냥 어린아이같이 별 이야기 하나로 신나 떠들 수 있었던 시간이라서 좋았다는 것밖에.

이렇게 보면 삶이란 게 참 별거 없음을 느낍니다. 큰 아픔에 상처를 쥐고 살아가던 내가 불행하다는 생각을 하면서도 이런 작은 것에 또 행복하다고 느끼며 살아가니까요. '그거면 된 거 아닐까.' 생각이 드는 날이었습니다.

어쩔 수 없는 일

세상을 살다 보면 어쩔 수 없는 일도
생기기 마련이다.

해가 뜨고 일정한 시간이 지나면
어둑한 어둠이 찾아오는 것처럼
어찌할 수 없는 일도 있는 법이다.

그러니 어쩔 수 없었던 일에
자신을 질책하지 말았으면.

어쩔 수 없었던 일에 마음
담아두고 아파하지 말았으면.

마음을 툭 치고 들어온 말

"괜찮아, 넌 괜찮아질 거란다. 그러니 너무 걱정하지 말렴. 꼭 다시 웃을 수 있는 날이 올 테니까."

마음을 툭 치고 들어온 말이었다. 다시 웃을 수 있는 날이 온다는 것이 얼마나 희망적인 말인가 싶어 그 말을 마음속에서 다시 되새겼다. 그래, 맞다. 생각해보면 살면서 수많은 인간관계에 상처받고, 꿈에 좌절하고, 사랑하는 연인을 잃은 날, 세상이 떠나가라 울었어도 결국엔 웃었다. 친구들과의 만남에서 즐거워 웃었고, 티브이 프로그램을 보다가 웃긴 장면에 배꼽을 잡고 웃었다. 사소한 일로 다시 웃었다. 다시 웃게 되었다는 건 상처로부터 많이 멀어졌다는 뜻도 된다.

그렇게 언제 아팠는지도 모르는 새에 나는 다시 웃었다. 그러니 당신도 아픈 상처로부터, 과거로부터 헤어 나와 다시 웃을 수 있을 것이다.

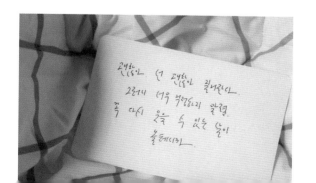

나

잘 눈여겨보세요. 그 사람이 지금 행복한지. 자세히 들여다보니 혹시 무너지는 중은 아니었는지. 시도 때도 없이 흐르는 눈물을 감추느라 고생하고 있는 건 아닌지. 사는 게 사는 것 같지 않아 무기력함 때문에 지쳐가고 있는 건 아닐지 잘 살펴보세요.

그 사람이 혹시 나는 아니었는지.

다양한 성향의 사람들

살아가면서 다양한 성향의 사람들을 만난다. 그중에는 나와 맞는 사람이 있고 만나는 것만으로도 부담을 주거나 꺼려지게 만드는 사람도 있다. 흔히들 말한다. 인생은 혼자 사는 것이 아니기 때문에 인맥관리를 위해서는 싫어도 만나야 할 때도 있는 거라고.

어릴 때는 나도 그랬던 것 같다. 고등학생 시절, 앉은 자리가 불편해도 내색하지 않았고, 원하지 않은 일정에 참여하기도 했으며 웃기지 않은 말에도 억지로 웃어가며 상대에게 맞추고 인간관계가 흐트러지지 않도록 무던히 애를 썼다. 그런데 그러다 보니 항상 지치는 쪽은 나였다. 시간을 뺏기는 것 같은 억울함도 생겼고, 불편한 사람과의 만남에서는 몰래몰래 시계를 훔쳐보기 바빴다.

나이가 한두 살 늘어가니 스스로 느낀다. 불편한 관계, 억지로 웃어야만 유지될 관계라면 만남을 줄이거나 끊는 것도 마냥 안 좋은 방법은 아니라는 것을.

사실 내 곁에 있어줄 사람이라면 굳이 애쓰지 않아도 곁에 머무를 것이다. 관계에 억지라는 단어가 붙게 된다면 그런 인연과는 깊어지지 않는 것이 현명할지도 모른다. 그러니 지금부터라도 내 사람들과 함께하는 시간을 더 늘릴 수 있기를 바랄 뿐이다.

푸른 하늘

수많은 시간 동안 여러 계절을 살아내는 것에도 용기가 필요했다. 기분이 좋았다 나빴다 감정 상태는 수시로 바뀌었고, 지녔던 감정들은 사라지지 않고 마음 바닥에 쌓여 더 진하고 묵직한 감정을 만들어낸다. 요즘이 그렇다. 신경 쓰이는 일들은 해결되지 못한 채 늘어만 가고, 울고 싶어지는 날들의 연속이다.

그렇지만 비가 온 뒤 하늘은 그 어떤 날보다 맑아진다는 것을 알기에 담담하게 살아내려 노력한다. 흐렸던 하늘이 물러가면 더 높고 푸른 하늘을 보여줄 테니까.

흐트러진 마음

가끔은 잔뜩 흐트러진 마음을 어찌할 줄 모를 때가 있다. 원인은 불분명한데 기분이 좋지 않다는 것은 너무나도 확실한 그런 날. 어떻게 하면 기분이 나아질까. 평소 좋아하던 일을 찾아서 하면 좀 나아질까 싶어 억지로 뭔가를 하려고 했다. 하지만 금방 지쳤고 흥미를 잃어버렸고, 어느 한곳에 집중하기가 쉽지 않았다.

그러다가 문득 든 생각. 그냥 아무것도 하지 말자. 그 자리에서 몇십 분을 멍하니 있었는지도 모르겠다. 아무 생각 없이 앉아 쉬니까 복잡했던 생각이 조금씩 정리가 되는 것도 같았다. 가끔은 아무것도 하지 않아도 괜찮을 것 같다는 생각이 든다. 굳이 뭔가를 해서 기분이 나아지려고 노력하면 그 사이에 억지라는 감정이 붙게 되는 거니까. 뭐든 억지로 하면 몸에 해로운 법이니까. 그냥 아무것도 하지 않는 것도 꽤 괜찮은 방법이라는 걸.

모처럼 날씨가 참 상쾌한 날이었다. 탁하지 않은 공기를 마셔보는 것이 얼마만이었는지 호흡하는 것이 부담 없던 날. 머리칼 사이로 스며들어오는 바람도 시원해서 기분이 좋았고, 특별한 목적 없이 걷는 거리도 여유로웠다. 귓속을 파고들어 소곤거리는 듯한 작은 노랫소리가 심장을 뛰게 만든다.

오늘 참 기분 좋은 날이다.
특별한 이유 없이 마음이 편한 날이다.

괜찮아?

"괜찮아?"라는 물음에 괜찮다고 대답하는 사람들을 유심히 볼 때가 많다. 진짜 괜찮아서 괜찮다고 대답하는 것인지 사실 괜찮지 않은데 괜찮다고 말하는 것인지. 나는 후자의 경우가 있진 않을까, 그래서 혼자 아파하고 있진 않을까 걱정이 될 때가 있다. 예전에 나도 괜찮다는 말을 달고 살았다. 사실 괜찮지도 않으면서 입에 침 한 번 바르지 않고 잘도 거짓말을 해왔다. 괜찮다고 말하면서도 사실은 아픈 것을 상대가 알아주길 바라면서. 속앓이를 많이 해봤던 나라서 누군가 내 마음을 알아챘을 때 그렇게 기쁠 수가 없다. 그래서 괜찮다는 말을 이상할 만큼 자주 내뱉는 사람이 있다면 그 사람을 유심히 지켜볼 때가 많다. 오지랖이 넓다고 생각하면서도 나는 이 고질병을 고칠 수가 없다. 혹시 기댈 사람이 필요하진 않을까, 나라도 알아주면 힘이 되지 않을까 하고.

그래서 오늘의 넌 좀 어때. 괜찮아?

하늘에 뭉게구름이 가득하다. 그 모습이 너무 예뻐 카메라에 담았
다. 어떤 구름은 하트 모양, 동그란 모양을 한 구름도 있었는데 머
리 위로는 하트 모양의 구름이 떠 있었다. 같은 구름이지만 모두가
지닌 모양이 달랐다. 몇 시간이 지난 후 하늘을 바라봤는데 머리 위
에 있던 하트 모양의 구름은 온데간데없었다. 시선을 돌려 멀리 바
라보니 하트 모양 구름은 저만치 흘러갔고, 머리 위로는 다른 구름
이 흘러가고 있었다. 어떤 모양이든 떠 있는 구름은 모두 예뻤고,
황홀했다.

구름은 느린 속도지만 흘러가고 있었다. 멈춰선 채 소멸되는 구름
은 없듯이 멈춰 있는 것 같아도 우리는 어디로든 흘러가고 있다. 그
러니 제자리걸음인 것 같다며 자책하지 말기를. 사실 그러면서도
꾸준히 어디로든 흘러가고 있으니까.

춘천행 기차

좋아하는 커피를 샀고, 중간에 배가 고플까 싶어 몇 개의 군것질거리도 함께 가방에 넣었다. 좀 설레어보겠다고, 춘천 가는 열차에 몸을 실었다. 물러터진 마음을 좀 진정시키겠다고 작정하고 벌인 일이었다. 춘천에 가는 세 시간 동안 창밖으로는 무수히 많은 풍경이 지나갔고, 그것들을 두 눈에 묵묵히 담는 일만큼 황홀한 일도 없지 싶었다.

말라버린 마음이 촉촉해지는가 싶더니 눈가엔 원인 모를 눈물이 맺혔다. 갑자기 나온 눈물에 당황을 한 나머지 누가 볼까 싶어 엄지손가락으로 재빨리 닦아냈다.

곪아 터졌던 마음이 나으려는지 마음의 물집이 터졌나 보다. 어쩐지 조금은 기분이 개운한 상태. 말랑해진 마음으로 여행을 시작했다.

내리쬐던 햇살이 참 기분 좋은 하루였다. 지독히 아픈 순간도 어느 한순간으로 잊힌다. 그것이 우리가 여행을 떠나는 이유이자 삶을 살아내는 행복이 아닐까.

울지 좀 마

"울지 좀 마." 서럽게 우는 아이를 향해 툭 치고 들어온 말이었다. 그 말에 눈물을 흘리던 아이는 생각한다. '저 말은 우는 나를 위로 해주는 말일까, 아니면 툭하면 울고 그러냐는 조금은 짜증 섞인 뉘 앙스의 말일까.' 생각하다 눈물이 쏙 들어갔다. 어찌 됐건 그 말을 들은 직후에 아이는 기분이 썩 좋지만은 않았다. 그런 걸 보면 툭하면 우냐는 뉘앙스의 말일 것이 분명했다.

원래 눈물이 좀 많은 편이다. 조그마한 꾸지람에도 눈시울이 쉽게 붉어지고, 상처를 잘 견뎌내질 못해서 이렇다 할 규칙도 없이 눈물을 잘 흘리는 사람이었다. 마음이 뭐 이렇게 약해빠진 것인지 거울을 바라보던 나에게 "울보야 네가?"라고 빈정거리는 소리를 할 정도였다. 그런 내가 어쩌다 마주한 세상에서 사랑을 잃어버린다거나 회사 일이 잘 풀리지 못해 상사에게 꾸지람을 듣는 일이 생기면 뚝, 뚝 흐르는 눈물을 수습하느라 하루가 다 간다. 그 정도로 나는 눈물이 많은 약한 마음을 쥐고 살아가는 사람이었다.

눈물을 흘리지 않으려 감정과 표정을 숨겼다. 나를 드러내지 않았다. 웃는 일에도, 슬퍼할 일에도 절제가 필요했다. 그러다 보니 가장 많이 듣던 말은 "속을 알 수가 없다."였다. 전보다 눈물을 많이 흘리지 않게 되었지만 그것을 바꾸니 속을 알 수 없는 사람이 되어 있었다. 좀 더 고질적인 문제를 쥐게 된 것이다. 사실 속을 알 수가 없다는 말은 다가가기 어렵다는 말과 비례한다. 난 내가 만든 벽으로 오는 사람을 막고 시선을 가렸다.

아직도 잘 모르겠다. 눈물이 많은 사람이 되고 싶은 건지 아니면 속을 알 수 없는 사람이 되고 싶은 건지. 하나 분명한 건 난 그 무엇에도 얽매이지 않고 그냥 단순히 나로 살아가고 싶다는 것. 그런 걸 보면 '차라리 좀 울보여도 눈물이 많은 사람으로 사는 것이 낫지 않을까.' 무의식중으로 생각하고 있는 걸지도 모를 일이다.

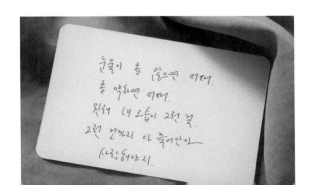

네게 찾아온 고단함이 다음 행복으로 넘어가는 발판이라고 생각하면 어떨까. 너 지금 되게 힘들잖아. 많이 지치기도 했고. 하루 일과를 마무리하고 집으로 돌아가는 버스에 탄 네 모습을 본 적이 있어. 어깨가 저만치 내려가 조금 있으면 바닥과 친구가 되어버리겠더라고. 그럴 땐 네 머리에 손을 가져다 대고 머리칼을 여러 번 쓸어내려주고 싶은 마음이야. 힘내라고, 오늘도 참 수고 많았다고.

난 말이야. 네가 행복해질 거라고 자신할 수 있어. 근거 없는 소리라고, 픽도 들어맞겠다며 넌 코웃음을 쳤지만 나는 네가 행복해질 거라고 확신할 수 있어. 그러니 네게 찾아온 고단함, 힘듦, 슬픔 등 좋지 못한 감정들은 네가 다음 행복으로 가는 발판이라 생각해도 좋아.

넌 웃음이 많은 사람이 될 거야.
넌 많은 사랑을 받을 거야.
넌 분명 행복해질 거야.

소풍

햇살이 내리쬐지 않는다고 입술을 삐죽 내밀고 문 앞에 선 어린 여자아이가 있다. 비가 온다며 하늘에다 대고 왜 갑자기 비냐고 소리치며 속상한 마음을 내비치는 여자아이가 있다.

그날은 소풍날이었는데, 전날 선생님께서 비가 오지 않으면 예정대로 소풍을 갈 것이고 만약 비가 온다면 소풍이 전면 취소가 될 예정이니 등교하라고 하셨었다. 아마 미리부터 일기예보를 확인하곤 오늘 비 소식이 있을 거란 걸 예상하셔서 내놓은 대책이었지 싶었다. 전날 종례 시간에 그 말을 들을 때만 해도 '에이, 설마 비가 올까.' 하는 마음이었다. 불안해하는 친구의 등을 토닥거리며 괜찮다고, 내일은 비가 절대 내리지 않을 거라고 근거 없는 확신을 해가며 친구를 안심시켰다. 그렇게 집으로 돌아온 어린 나는 정작 본인이 불안했던지 미신은 믿지 않으면서도 비 오지 말라고 창문가에 인형을 거꾸로 매달아 두 손을 가지런히 모아 기도를 했다.

그렇게까지 했는데 하늘도 무심하시지. 비가 내리다 못해 무슨 폭우 수준으로 쏟아지는 것이 아닌가. 소풍은커녕 학교도 못 갈 판이었다. 투덜대던 난 어쩔 수 없는 일이었기에 주섬주섬 소풍 때 먹으려고 싼 도시락과 갖가지 간식을 챙겨 학교로 갔다. 학교에 가는 발걸음이 세상 무거운 날이었다.

교실에서 만난 친구들과 하필 소풍 때 내리는 비를 원망하며 미련을 내비쳤다. 그해 소풍 장소가 놀이동산이어서 더 속상했는지도 모르겠다. 점심 땐 각자 싸온 도시락을 나눠 먹으며 그날 하루를 보냈다. 화가 나고 상심이 큰 아침이었는데 오후엔 그래도 꽤 즐거웠다. 참 다행이다 싶었다. 하루의 시작은 좋지 못한 기분으로, 풀리지 않는 일로 시작되었더라도 그 끝은 그래도 재밌었던 하루였다고 느낄 수 있는 것이. 시간이 지난 지금, 좋은 추억으로 남아 있다. 나는 비 오는 날 평소보다 어둑한 교실에 모여 친구들과 공포영화를 보고 각자의 도시락을 나눠 먹을 수 있던 기억이 내 삶에 남을 수 있어 참 다행이란 생각이 든다. 짧은 것 같으면서도 길고, 긴 것 같으면서도 짧은 이 생에 좋은 기억, 재밌는 기억 하나쯤은 가지고 갈 수 있어서 참 다행이다.

내일은 전국적으로 비가 내리는 장마가 시작된다고 한다. 비가 쏟아지기 시작하는 날, 오랜만에 그 친구들을 모아 어둑한 방안에서 영화 한 편 봐야겠다.

일상

가끔 일상에 너무 지치다 보면 다 내려놓고 떠나고 싶은 순간이 있다. 지치는 이유는 제각기 모두 다르다. 새벽 내내 잠들지 못하고 시험공부를 하는 데 에너지를 다 쏟았거나 직장에서 받은 스트레스 때문이거나 아픈 이별을 감당하지 못했거나.

"어디로든 떠나고 싶어요."
"어디로요?"
"글쎄요. 새로운 사람을 만나고 싶기도 하고, 아니면 사랑하는 사람과의 도피적인 여행도 좋을 것 같은데. 지금 이곳만 아니면 어디든 좋을 것 같아요."

그렇다. 지친 상황, 일상에서 벗어나기만 한다면 그곳이 탁 트인 바닷가든지, 울창한 숲이든지, 것도 아니면 인적이 드문 조용한 곳에 위치한 카페든지 어디든 좋을 것이다. 거기다 사랑하는 사람과 함께한다면 그곳이야말로 지상낙원이지 않을까. 무언가로부터 많이 지쳐 있다면 그것과 멀리 떨어진 곳으로 떠나면 될 일이다. 떠난 곳에서 지친 마음을 어루만지고 회복될 때 다시 일상으로 돌아오면 된다. 흐트러진 마음 정리를 하고 돌아온 일상에선 그동안 보이지 않던 게 보일 수도 있으니까. 우리는 다들 힘들게, 아프게 살아가지만 그럼에도 살아간다. 아파도 내 인생이겠거니. 이번엔 아팠으니까 다음엔 행복이 찾아올 거라고 믿으면서 말이다.

여름에 걸었던 곳들에는 눈에 담기 좋을 만한 것들이 불규칙적으로 나열되어 있었고, 발길이 닿는 곳마다 예쁘지 않은 곳이 없었다. 좋은 추억을 만들기에 더없이 좋은 곳이었고, 언젠가 꼭 한번 다시 걸어보고 싶게 만드는 거리였다. 날이 추워지면 한 번 더 방문해야겠다.

수고했다는 말 한마디가 너무 따뜻하다는 것을 안다. 하루 동안의 고생을 누군가는 알아주는 것 같아서, 내가 참 열심히 살고 있다는 걸 알게 해주는 말인 것 같아서. 따뜻한 말을 자주 할 줄 아는 사람이 되고 싶다. 모두가 삶을 살아가기에 힘든 세상에서 온기 가득한 말을 건네준다면 힘들어도 행복한 삶이 되지 않을까 해서. 오늘도 참 수고 많았어요.

행복할 자격

날이 더운 날이면 시원한 아이스 카페라테 한 잔이면 좋겠습니다. 귀에 꽂은 이어폰으로 잔잔히 들려오는 고요한 음악과 눈을 감고 편히 쉴 수 있는 의자 하나면 충분할 듯합니다. 속이 터질 듯 답답하고 아픈 순간이면 그저 묵묵히 이야기를 들어줄 친구와의 대화 한 번이면 후련할 것 같습니다. 하루 일과의 끝에 좋아하는 영화 한 편이면 고단함이 다 날아갈 것입니다. 사랑하는 사람의 문자 한 통이면 온갖 설렘을 참지 못하고 따뜻한 사랑을 하겠습니다.

좋아하는 것들을 참지 않고 할 수 있는 삶을 산다면 이보다 더 행복한 삶은 없을 것입니다. 사실 행복은 그다지 멀리 있지 않아요. 행복은 늘 어디에나 있으니까요. 마음껏 행복을 누리며 살 수 있기를. 누구든 행복할 자격이 있습니다. 그러니 충분히 행복해지십시오.

첫눈이 올 거야

하늘을 향해 얼굴을 들고 어린아이 같은 해맑은 미소로 툭 내뱉은 말. 첫눈이 온다는 말처럼 설레는 말도 없었어. 조금은 흐린 구름 사이로 하얀 눈을 왈칵 쏟아 어둑해진 세상을 밝혀주는 걸 보면 왠지 상처가 난 마음에 위로를 받는 기분이 들었거든. 그때부터였나 봐. 계절에 상관없이 상처받는 순간이 찾아올 때마다 하늘에다 대고 이제 곧 첫눈이 올 거라고 외친 것이.

어쩜 살아가는 순간들은 늘 힘듦의 연속인 걸까. 너무 잦은 불행에 신이 장난을 치고 있는 것이 틀림없다는 생각까지 들었다니까. 이렇게 지쳐 있다가도 속으로 첫눈이 올 거라는 말을 열심히도 외쳐 댔어. 위로를 받고 싶었거든. 그래서 끊임없이 외치며 하늘을 올려다봤지. 이렇게 외쳐댔으니 첫눈은 정말 예쁘게 내려야 할 거라고 강조하듯 장난스러운 느낌을 담아 하늘에 마음을 전했어.

참 신기한 일이잖아. 되게 큰 상처라고 생각했는데
고작 첫눈 한 번에 위로가 된다는 게.

최선

누군가와의 만남을 시작하기 전엔 항상 머뭇거릴 때가 많다. 혹시나 하는 걱정거리들이 관계의 진행을 막기 때문이다.

그 관계가 끝에는 좋은 인연으로 남을 수도 있고, 좋지 못한 인연으로 남을 수도 있다. 하지만 한 번 인연을 맺기로 결심했다면 일단 끝까지 최선을 다하는 것이 좋다. 관계의 매듭이란 서로 진심을 다했다면 풀리지 않게 꽉 엮이는 법이니까. 그러니 다가오는 인연들에 최선을 다할 것.

욕심

욕심엔 끝이 없다고 했던가. 원하던 하나를 가진다면 더 이상 바랄 게 없을 것 같다 생각하면서도 정작 하나를 가지면 또 다른 하나를 더 갖기를 원하니까. 만약 다른 하나를 갖지 못하면 갖지 못한 것에 좌절감을 느끼며 불행하다고 생각한다. 이미 하나를 가진 것만으로도 충분히 행복한 건데.

그 사실을 알면서도 조절하기에 어려움은 있었던 것 같다. 때론 현재에 가진 것에 만족하며 살아가는 연습이 필요하다. 우린 이미 가진 것이 많다고, 그것을 잊지 말자고, 모두가 예쁘고 소중한 삶이다. 그 예쁜 삶을 가진 우리는 이미 너무 행복한 것이다.

너는 네가 아는 것보다 훨씬 괜찮은 사람이고, 좋은 사람이야. 잘 모르면서, 알지도 못하면서 그냥 하는 말이라고 생각할지도 모를 일이지만 세상에 나쁜 사람은 없어. 그저 지나온 상황들이 나빴을 뿐. 뒤돌아보니 아픈 기억들이 너를 붙잡고 있었겠지. 누군가에게 상처를 받았던 네가, 다른 사람에게 상처 주던 네 모습이 마음 한 자리에 눌어붙어 정작 자신이 어떤 힘을 가졌고 어떤 일을 해낼 수 있는지 알 수 없게 하고, 스스로가 참 좋은 사람이라는 생각을 막고 있었을 거야.

그러니 이제 그만 아파하고, 잘못된 생각으로 스스로를 갉아먹으면서 상처 주지 말았으면 좋겠다.
너는 분명 좋은 사람이야.

눈을 감고 심호흡 한 번
그리고 생각 한 번

지나오고 나니 마음에 오랜 기간 품었던 걱정거리들은 사실 별거 아니었음을 느낀다. 그 한 걱정에 모든 것이 무너질 것만 같은 절망적인 순간이 온 것 같아도 지나고 나면 먼지 같은 걱정들이 대부분이었다고. 이 글을 읽는 누군가 만약 지금 어떤 작은 것에 흔들려서 마음이 무너져 내릴 것만 같은 기분이라면 그럴 땐 눈을 감고 심호흡 한 번, 그리고 생각해야 한다. 작은 것에 연연해하며 살지 말자고. 큰 것처럼 보여도 자세히 들여다보면 너무나도 작은 것이라고. 조금만 정신을 차리고 둘러보면 나를 감싸 안는 행복들이 많다는 걸.

당신은 알아야 한다. 당신이 정말 귀중한 사람이라는 것과 그 어떤 것도 당신을 함부로 무너뜨릴 수 없다는 것을. 흔들려도 다시 제자리로 돌아올 힘을 가진 당신이다.

그러니 작은 걱정들이 마음 한가득 밀려들어 온다면 눈을 감고, 심호흡 한 번. 그리고 생각 한 번. 걱정들은 결국 사라질 테니 너무 걱정하지 말았으면 한다. 다 괜찮아질 테니까.

어른아이

모든 것은 나에게 달렸으니 열심히 하라는 말.
응석 부릴 나이는 한참 지났으니 철들라는 말.
잘못은 내가 다 했으니 용서해달라는 부탁.
이해심 많은 어른이 되라는 말에 가면을 쓴 채 어른이 되어가는
중이다.

사실 열심히 할 자신도 없고,
나이는 들었지만 응석도 부리고 싶고,
내가 잘못한 게 아니라고 말하고 싶고,
이해를 해주기보단 이해를 받고 싶어 하는
나는 아직은 마음속에선 어린아이인 것을.
투정 부려도 된다.
기대도 되고
그래도 된다.

나 오늘 말이죠. 정말 힘들었어요. 되게 바쁘게 일을 한 것 같은데 정작 얻은 건 없는 것 같은 하루를 보내서 마음 한쪽이 허해요. 마땅히 하고 싶은 일이 있는 건 아니지만 지금 하는 일이 그렇게 즐겁지만도 않아요. 의욕이 없는 사람이 되어가고 있나 봐요. 당신은 어땠어요. 하루가 마음에 들었나요. 나는요 매일 내 하루를 무언가에게 뺏기는 느낌이 들어요. 그런 느낌이 드는 날이면 하루가 통째로 흔들려버리곤 하는데 오늘이 딱 그런 날이었어요. 마음이 괜히 어수선해서 집 밖으로 나왔어요. 바람이라도 쐬면 기분이 나아질까 해서. 누가 묻더라고요. 괜찮냐는 그 말에 내가 뭐라고 대답한 줄 알아요? 괜찮다고 했어요. 사실 괜찮지도 않으면서. 애써 웃어 보이면서 말이죠. 왜 그랬냐고요? 속내를 들키는 건 너무나도 싫었거든요. 누가 나를 안쓰럽게 바라볼까 봐, 동정 받는 게 내가 힘든 것보다 더 싫었어요.

그런데 당신한테 좀 털어놓으니까 조금은 후련하기도 하네요. 진작에 좀 털어놓을걸. 감정을 덜어낸다는 말이 어떤 의미인 줄 몰랐는데 이제는 알 것도 같아요. 내 얘기 들어줘서 고마워요. 그럼 조심히 들어가요.

과거의 후회

분명 후회하는 순간은 누구에게나 있기 마련이었다. 어느 한 장면
은 시간이 많이 흘러도 잊히지 못하고 더 진득하게 내려앉아 현재
를 더 괴롭게 만들고 만다. 그 장면과 비슷한 일들이라도 벌어지게
되는 날에는 가슴 한쪽이 막혀버린 듯 답답해지면서 또 한 번 스스
로에게 상처를 입힌다. 결국은 되풀이될 걸 알고 있어서 더 아프다.

늘 과거로부터 도망쳐왔다. 마주하지 않았다. 다시 보는 것이 두려
웠기 때문이었다. 그러다 문득 든 생각은 언제까지 아파하며 지나
온 과거를 두려워하고, 스스로에게 상처를 줄 것인가였다. 세상을
살다 보면 어쩔 수 없는 일도 있는 것인데. 과거에 대한 후회는 과
거에 두고 왔어야 했다. 생각을 고쳐먹기로 한다. 피하지 말고, 이
제부터라도 과거의 후회는 과거에 두고 오자고. 생각보다 강한 사
람이라는 걸 안다. 어쩔 수 없었던 일에 그만 아파하고, 현재에 충
실해야 한다. 우리 모두는 극복할 강한 의지를 가지고 있으니까. 아
픈 과거쯤이야 이겨낼 수 있을 거라고 믿는다.

자신에게 괜찮은 사람이 되기를

원래 삶이란 게 불완전하고, 낭떠러지 같은 곳에서 위태롭게 서 있다가도 안정적인 평지를 걸을 때도 있는 거고, 웃다가도 눈물을 흘릴 수 있는 게 사람이고, 눈물을 쏟다가도 언제 울었냐는 듯 웃음 지을 수 있는 게 인생인 거잖아요. 그러니 지나갈 불행을 안고 주저앉아 있지 말아요.

지나갈 불행은 언젠가 지나가기 마련이니까요. 행운은 기다리지 않아도 분명 찾아와요. 실수해도 괜찮아요. 그 누구도 완벽한 사람은 없어요. 다 한 번쯤은 실수하며 그 실수를 받아들이고 그 모습도 나의 일부라며 사랑으로 감싸주고 보듬어주며 그렇게 살아가니까요. 미완성된 삶이 행복으로 가득 메워지기를.
늘 자신에게 괜찮은 사람이 되기를.
당신의 삶을 응원해요.

파도 소리

눈을 감았어요. 그다음엔 파도 소리를 들었고 잔잔해진 바닷소리를 들었어요. 눈을 천천히 떠서 하늘의 별을 바라보고 작게 내뱉은 말은 "참 예쁘다."였습니다. 가만히 떠서 지지 않는 빛을 뿜어내곤 상처받은 마음에 다시 살아갈 희망을 주는 저 별들과 달이 한없이 예뻐 보였답니다. 나는 지금 바라보고 있는 바다가, 지지 않는 빛을 뿜어대는 저 별과 달이 내 눈에 그리고 마음에 오래 머물기를 바라고 있어요. 희망과 다시 살아갈 용기를 주는 것들이 영원하기를.

그래서 언젠가 또 지쳤을 때 돌아간 그곳에서 따뜻한 위로를 받을 수 있기를. 꼭 그럴 수 있기를.

지워질 수 없는 미련

떨쳐내려 해도 결코 떨어지지 않는 것이 있다. 그것이 어떤 사랑에 대한 미련이거나 꿈에 대한 아쉬움이거나 사람마다 다르겠지만 한 가지씩은 꼭 쥐고 살아간다. 시간이 흘러도, 많은 기억들이 그것들 위로 덮었어도 결코 지워질 수 없는 미련들은 존재한다.

수시로 찾아오는 원인 모를 불안과 싸우고 있지 않나요. 하루 일과
를 망쳐버린 것도 모자라 집으로 돌아가는 길, 껌이라도 밟은 날이
면 인생이 뭐 이렇냐고 신세한탄을 하는 날이 늘진 않았는지. 쌓였
던 피로와 상처로 스스로를 탓하고 있는 건 아닐지, 차오르는 눈물
을 간신히 머금고 고개를 푹 숙인 채 집으로 터벅터벅 힘없이 돌아
간 적이 있는 건 아니었는지 당신 걱정이 돼서 마음이 아려옵니다.
인생이 내 마음대로 된다면 얼마나 좋을까요. 하지만 그럴 수 없는
게 인생인 거겠죠.

눈앞에 불행이 가득해서 잘못 살아왔다고 자신을 탓할까 봐 걱정
이 됐어요. 당신 참 열심히 살아왔음을, 또 잘 살아내고 있단 걸 알
려주고 싶었습니다. 뭘 하든 괜찮을 테니 울고 있지 말았으면 해요.
지금도 충분히 잘하고 있습니다.

당신 참 잘 살고 있어요.
그리고 살아줘서 고마워요.

내가 살아간 날들의 일부

언젠가 생을 마감할 순간이 다가왔을 때, 내가 가장 먼저 추억하게 될 일은 무엇일까. 언젠가 나도 다시 흙으로 돌아갈 텐데 길다면 길고 짧다면 짧았던 이 삶을 어떻게 살아야 후회 없이 잘 살았다고 말할 수 있을까.

돌이켜보면 그랬다. 이미 지나간 상처가 된 기억을 떨쳐내지 못하고 쥐고 살아가면서 아파한 적도 많았고, 또 나름 행복했던 날도 많았다. 행복과 불행은 늘 번갈아 나를 찾아왔고, 불행을 맞은 날에는 끝도 없는 나락으로 떨어지기도 했다. 그러다 언제 왔는지도 모를 행복에 웃으면서 삶을 살아가고 있었다.

하긴 불행했다고 그 삶이 내 삶이 아닌 게 아니었다. 나쁜 기억도, 좋은 기억도 내가 살아간 날들의 일부이며 그것들은 온전히 나만의 추억으로 남겨지게 된다. 어떻게 살아야 행복할까. 후회 없는 삶을 살려면 어떻게 해야 할까. 질문부터가 잘못된 것이다. 후회 없이 잘 살기보다는 그저 사는 순간순간 온 마음을 다하면 되는 것.

열심히 사람들을 만나고, 사랑하고, 웃고, 울고, 또 웃고 그렇게 마지막 순간이 되었을 때 참 잘 살다 간다고, 많은 추억을 안고 떠날 수 있어서 행복하다고 내가 세상에서 사라지더라도 나를 기억해줄 누군가에게 말하고 떠날 수 있다면 좋을 것이다.

이런 사람이고 싶습니다

값이 비싼 음식점보다는 익숙한 골목 사이에 위치한 작은 포차에서 하루의 고단함을 술 한잔으로 털어버리는 사람이고 싶습니다. 그러다 기분이 좋아 취기가 오른 날이면 달빛 아래를 그저 묵묵히 걸으며 옅은 미소를 지을 수 있는 사람이었으면 합니다.

살다가 마음을 주고 싶은 사람을 만나면 가진 것은 많이 없지만 사랑만큼은 넉넉하게 주는 사람이 되고 싶습니다. 저는 이런 사람이고 싶습니다. 평범한 일상을 특별하게, 소소한 일상을 사랑하며 이렇게 살아가고 싶습니다.

우울의 출처

언젠가 한 질문을 받은 기억이 있다. "당신의 우울은 어디에서 나오는 건가요?" 그 질문에 곰곰이 생각하다가 그리움, 이별, 슬픔, 살아가면서 맺었던 모든 관계라고 답했다. 요즘은 행복해도 그 끝엔 우울함이 동반이 되는 것 같다. 이렇게 기분 좋은 행복이 끝나면 나는 또 불행해지진 않을까 생각이 들어서. 새벽을 좋아했던 내가 유독 새벽이 싫어지던 날. 모든 우울이 집합이 되는 시간. 공기마저 바닥 밑으로 내려앉아 나를 집어삼킬지도 모른다는 기분이 들게 만들던 새벽.

하지만 동이 트면 해가 떠오르는 것처럼 이 우울도 한순간이라는 걸 안다. 모든 세상의 우울은 일정한 시간이 지나면 무뎌지거나 증발해버린다. 짙은 새벽이 지난 다음엔 항상 세상 구석구석을 밝혀 줄 가슴 벅찬 해가 떠오를 테니까. 속에 있던 우울은 언젠가 사라지기 마련이다.

틀린 것이 아니라 다른 것일 뿐이라는 것

바라보는 관점과 가치관이 다른 것은 당연한 현상이다. 그걸 알고 상대방의 의견을 존중해주는 사람이 있는 반면 자신의 생각을 강요하거나 나와 의견이 다르다고 상대를 무시하고 틀렸다며 상대의 가치를 깎아내리는 사람이 있다.

여기서 짚고 넘어가야 할 포인트는 틀린 것이 아니라 다른 것일 뿐이라는 걸 자각해야 한다는 것이다. 세상에 모든 정답을 가진 사람은 그 어디에도 없다. 각자가 지닌 삶의 답은 모두 제각기 다른 법이기 때문에 절대 자신의 가치관과 생각을 상대에게 강요해서는 안 된다.

그렇게 된다면 주변 사람들은 남아 있질 않게 된다. 예전에 나에게도 그런 사람이 있었다. 만남이 있을 때마다 자신의 생각을 강요했고, 그래서 대화하는 것 자체가 내겐 너무나도 피곤한 일이 아닐 수가 없었다. 그러다 보니 서서히 만남을 피하게 되었고, 지금은 연락조차 닿지 않는 사람이 되었다.

서로의 의견을 존중하고 배려하며 나와 생각이 다르다고 무시하거나 질타하지 않는다면 좀 더 나은 세상이 되지 않을까. 지금부터라도 한번 돌아봐야 한다. 주변 사람들에게 나의 생각과 가치관을 강요한 적은 없었는지. 그렇게 자신도 모르게 상대에게 상처를 준 적은 없었는지 말이다.

여느 때와 다름없이

예쁜 것은 한순간도 놓치지 않으려고 요즘은 걸어 다니며 카메라
에 담기 바쁘다. 걷다가 만난 손톱달은 마음을 어루만져주기에 충
분했고, 예쁘게 피어난 꽃은 회색빛이던 하루에 색감을 불어넣어
주었다. 하루 끝에 좋아하는 것들을 사진첩에 담는 일. 하루 끝에
나는 웃었다. 여느 때와 다름없이 맑게 웃었다.

빗소리

지금 밖에는 비가 내려요. 오늘은 아마 하루 종일 비가 올 거라고 일기예보가 알려줍니다. 창문을 열었어요. 빗소리를 더 자세히 들으려고 말이죠. 후드득 후드득 내리는 비는 온 세상을 적셔주고 있었습니다. 나뭇잎도 젖어서 촉촉해졌고요. 가뭄 같았던 마음에도 한 차례 비가 쏟아져 촉촉해졌습니다.

비가 내리는 날을 정말 좋아한다고 말한 적이 있었습니다. 시끄러운 마음이 빗소리로 인해 잠시 가려지기도 하거든요. 그래서 오늘 같이 비 오는 날엔 아무 생각 없이 내리는 비만 바라보며 앉아 있습니다.

내리는 비에 그간 찾아들지 않던 그리운 사람 생각도 한 번쯤 하게 되네요. 퍽퍽한 삶에, 식어버린 마음 한편에 밝은 빛이 들어오는 것 같아요. 좋습니다, 좋아요. 비가 내리는 날, 비 오는 모습을 볼 수 있다는 것만으로도.

못다 한 말

살면서 목구멍으로 가득 차올랐지만 차마 내뱉지 못했던 말들이
있습니다. 누군가와 헤어지는 자리였거나 가까운 인연과의 다툼이
있던 날이었거나 벅차오를 만큼 설레던 순간이었거나. 그런데 말
이라는 건 알다가도 모르겠더라고요. 어느 한순간도 내가 원하는
말들을 쉽게 내뱉지 못했으니까요. 무언가 마음에 걸려서 나오지
않는 느낌. 내게 관계는 그래서 어려웠나 봅니다. 어느 하나 쉽지
않았던 관계들. 지나간 인연들에게 미처 하지 못했던 말이 남아 있
습니다. 못다 한 말은 후회로 남아버리더라고요. 눈 한 번 딱 감고
내뱉으면 되는 거였는데 그 한 번이 어려워 많은 시간이 지난 지금
도 여전히 후회를 쥐고 살아갑니다.

살면서 다 하지 못했던 말. 미처 못다 한 말. 당신의 못다 한 말은 무
엇이었습니까. 이런 마음이 들 때면 지나간 인연을 괜스레 다시 붙
잡고 싶어집니다. 하지만 그래도 못다 한 말들엔 그 나름의 아름다
움도 있는 것 같단 생각을 했습니다. 더 애틋한 추억으로 남기도 하
니까요.

내겐 아직도 여전히 어렵습니다. 마음을 전하는 일이, 말을 전하는 일이. 그래서 이렇게 글을 쓰고 있는 걸지도 모릅니다.

서울 지하철 2호선

"지금 창밖으로 보이는 야경을 보시고 안 좋았던 일들은 이 열차에 두고 내리세요. 그 일은 종점에서 잘 치우겠습니다."

인터넷을 하다가 우연히 읽게 된 일화 하나. 서울 지하철 2호선 퇴근길에 나온 방송이라고 한다. 서울 지하철 2호선 잠실나루역은 한강변을 통과하는 역이다. 어스름한 저녁 한강을 통과하는 지하철 안에 울려 퍼지는 기관사의 방송이었다. 이 일화를 읽으면서 마음이 참 따뜻해졌다. 비록 직접 듣지 못해 아쉬울 따름이지만 그 자리에서 저 말을 들은 사람들에겐 얼마나 힘이 되었을까. 기관사님의 센스가 돋보이는 부분이었다. 이 말을 들은 어떤 사람은 신기하다며 사람 때문에 힘들다가도 사람한테서 살아갈 힘을 얻는다고 말하기도 했다.

모두가 하는 일이 다르고, 짊어진 고단함의 무게도 모두 다르겠지만 결국 힘듦이라는 감정이 생기는 것만은 같았다. 그런 상태에 놓인 사람들에게 위로의 말 한마디가 얼마나 큰 힘을 가지는지 새삼 느낀다. 온기가 빠져버린 세상이라며 좌절하다가도 이런 이야기가 들려오면 늘 생각한다. 아직은 따뜻한 세상이 남아 있어서 다행이라고. "기관사님, 좋은 말씀 해주셔서 감사드립니다. 기관사님께서도 고단함은 열차에 다 버리고 퇴근하시길 바랍니다."

솔직한 사람

즐겨 보던 드라마를 보는데 눈물이 났다. 슬픈 장면도 아닌데 뚝뚝 눈물이 흐른다. 이상하다는 생각을 하다가 이내 흐르던 눈물을 닦아내고 어릴 적부터 못 볼 꼴 다 보며 자란 친구에게 전화를 걸어 물었다. 왜 이렇게 눈물이 나는 거냐고. 내 말에 친구는 "그간 괜찮은 척을 너무 많이 해서 그런 게 아닐까?"라는 대답을 해왔다. 그 말을 듣는데 의아했다. 척이라니, 지쳤다니, 내가?

전화를 끊고 생각에 잠겼다. 괜찮은 척, 나는 뭐가 괜찮지 않았던 거지. 곰곰이 생각해보니 나는 요즘 꽤 힘든 나날을 보내고 있었다. 본디 겁이 되게 많은 사람인데 어디서든, 언제든 앞에 섰다. 처음이라는 부담을 가지고 중압감을 견뎌내야 했다. 어쩔 땐 정해지지 않은 불안한 미래를 걱정하기도 했고, 스스로 삶의 걸림돌이란 생각을 하기도 했다. 자주 슬럼프에 빠지기도 하고, 사람 자체가 유연하지 못해 늘 경직된 채로 살아가다 보니 팔다리가 다 굳은 기세였다. 앉은 자리가 불편했던 건지 마음이 불편했던 건지 애꿎은 자세 탓을 하는 날이 늘었고, 내 삶을 내가 확신하지 못해서 얼마 동안은 큰 혼란을 겪기도 했다. 그러면서 주변 사람들에게 걱정을 끼치는 것이 너무나도 싫어서 힘든데도 웃었다. 그동안 쓴 글에서 괜찮지 않을 때 괜찮은 척하지 말라고, 마음껏 힘들어하라고 적어 놓곤 정작 나는 그러질 못했다. 억지로 웃으니 입 꼬리 주위 실핏줄이 터질 것만 같았고, 눈앞이 흐릿해지니 보이는 건 캄캄한 어둠뿐이었다.

솔직한 사람이 되고 싶었다. 감정에 솔직한 사람. 아픈 걸 들키기 싫어 꼭꼭 숨어버리는 사람이 아니라, 괜찮지도 않으면서 괜찮은 척을 해야만 하는 사람이 아니라. 기대야 할 땐 기댈 줄 아는 사람이 되고 싶었다.

그러려면 스스로 바뀌어야 한다는 걸 안다. 한 번뿐인 삶이라는 것도 잘 알고 있으니까. 틀에서 벗어난 삶을 살면 좀 어때. 제멋대로 살고 싶어졌다. 적어도 내 감정에 충실하며 살 거라고. 더 이상 괜찮은 척하지 않기로 한다.

배려

언제부터 배려를 하는 사람이 우스워지기 시작했는지, 착한 사람이 바보가 되어버린 건지. 어려서부터 남들을 도와주며 더불어 살아야 한다는 것을 귀가 닳도록 들으며 컸다. 그 당시 우리 집의 가훈이기도 했다. 그래서 언제나 남들을 배려했고 내 것을 챙기기 이전에 상대에게 먼저 양보하며 그렇게 자랐다. 물론 그런 삶이 썩 나쁜 것은 아니었다. 배려하니 따뜻한 마음을 얻었고 따뜻해지니 내게도 좋은 일이 일어날 것만 같은 기분이 들었다. 때로는 배려로 인해 얻은 칭찬이 듣기 좋아 그 칭찬을 듣기 위해 꾸준히 했던 건지도 모를 일이다.

하지만 어느 순간부터 남들에게 선의를 베푸는 일이 부담스러워졌다. 열 번 중 아홉 번의 호의. 그러다 어쩔 수 없는 일로 들어줄 수 없어 했던 한 번의 거절. 그 일로 인해 수년간 마음에 자리 잡아 있던 신념이 산산조각 났다. 한 번의 거절로 인해 듣게 된 건 이것 하나 못 들어주냐는 핀잔이었다. 의아했다. 난 분명 많은 배려와 부탁을 들어줬는데 한 번 들어주지 않았다고 관계가 멀어지기 시작한 것이다. 아마 그때부터였던 것 같다. 선의를 함부로 베풀 수 없게 된 것, 도와주기 전 머뭇거리게 된 것이.

배려가 당연시되는 세상. 그것이 권리라고 믿어버리는 세상. 머리가 아프다. 들어줄 수 있는 부탁이 있다면 들어줄 수 없는 부탁도 있는 것인데. 그걸 모르는 사람들이 너무 많은 것 같다.

환하게 웃고 있는 여자아이

주말 아침, 서랍장을 열어보니 뒤죽박죽 제자리는 일찌감치 잃은 물건들이 아무렇게나 나열되어 있었다. 마음먹은 김에 모조리 다 정리하자는 심산으로 두 팔을 걷어붙이고 청소를 시작했다.

하나 둘 서랍 안에 있던 물건들을 모두 다 꺼내어 밖에 두고, 미리 구해온 작은 서랍 칸막이를 안에다 넣고 차례대로 정리를 하다가 낯익은 사진첩을 발견했다. 손바닥보다 조금 큰 사진첩, 미니앨범 같은 거였나 보다. 이런 게 있었던가. 낯선 마음으로 사진첩을 넘기는데 어린 여자아이가 아이스크림을 오른손에 쥐고 환하게 웃고 있다.

다 늘어난, 여자아이의 옷이라고 보기엔 무리가 있는 품이 큰 티셔츠, 녹아 조금씩 떨어지는 아이스크림을 쥐고 환하게 웃는 여자아이. 세상 가장 맑게 웃고 있어서 이게 정말 내가 맞는 건가 싶은 의문이 들기도 했지만 영락없는 나였다.

참 잘 웃었구나 싶었다. 세상을 알기 전의 나는 참 잘 웃었다. 웃는 모습이 얼마나 맑은지 주변이 다 환해질 것만 같은 모습에 괜히 울컥했다. 시도 때도 없이 감정이 먹먹해진다. 많이 약해졌다는 생각을 한다. 정확한 이유가 무엇인지 알지 못해서 그냥 이렇게 대답하련다. "현실이 너무 각박합니다. 마냥 어려지기엔 단호한 세상이라서 강제로 어른이 되어갑니다." 주변 신경 쓰지 않고 배를 잡고 웃어본 지가 언제인지 까마득할 정도다. 해맑게 웃는 어린 내가 찍혀 있는 사진을 들고 한동안 바라봤다. 웃는 모습이 참 예뻤다.

십년지기 친구가 일하는 동물병원으로 오랜만에 놀러갔다. 그곳은 저녁 7시쯤 되면 모두 다 퇴근을 하고, 친구 혼자서 일을 마무리하기에 마음 편히 놀러 갈 수 있는 곳이다. 그곳에 사는 개 두 마리와 고양이 한 마리는 정말이지 사랑스럽기 짝이 없다. 평소 처음 보는 개라면 무서워서 경계부터 하던 나인데 그곳의 동물들과는 4년째 보던 터라 이미 익숙해질 대로 익숙해져 정이 많이 들었다.

고양이 이름은 딸기, 개 두 마리의 이름은 각각 똘망이와 생강이인데 똘망이는 눈이 똘똘하여 붙여진 이름이라 한다. 이름이 퍽 잘 어울린다는 생각을 했다. 투명한 유리문으로 내가 오는 것이 보이면 여기 동물들은 한쪽 귀를 세우거나 꼬리를 흔들며 짖거나 어느덧 문 앞으로 와 매달려 있곤 한다. 동물에 대해 그리 잘 아는 건 아니지만 나를 반기는 행위임이 분명한 건 알 수 있다. 내가 왔을 때 누군가 반겨준다는 것은 사람이 됐건 동물이 됐건 늘 기분 좋은 일이다.

들어가 의자에 앉으면 딸기는 동물들을 잠시 맡길 수 있는 집 위 높은 곳에서 날 내려다본다. 그런 딸기에게 웃으면서 인사를 건네는데 잘 내려오진 않는다. 아마 그곳이 가장 편한 이유로 그러는 듯하다. 그래도 간식을 손에 쥐고 있으면 곧잘 내려와 맛있게도 먹는다. 그 틈에 얼른 머리 한번 쓰다듬어보기도 했다. 참 귀여운 녀석이다. 하지만 딸기와는 오래 붙어 있질 못한다. 고양이를 정말 좋아해 기르고 싶은 생각이 굴뚝같았던 내게 고양이 알레르기라는 진단이 내려졌기 때문에 곁에 있는 시간이 길어지면 알레르기 반응이 곧바로 나타난다. 참 슬픈 일이다. 좋아하는 것을 곁에 둘 수 없다는 것이.

마음이 꼭 맞는 상사가 어디 있겠냐마는 수년 동안 쌓인 스트레스에 일을 관두고 잠시 쉬었으면 좋겠다던 친구. 딱 한 가지 마음에 걸리는 일이 있다면 그것은 돈도 아니고, 미래 걱정도 아니고 여기에 남겨질 딸기, 생강이, 똘망이라고 했다. '4년 동안 어쩌다 가끔 주말에 들러 얼굴을 보던 나도 정이 많이 들었는데 매일 몇 시간을 함께 붙어살던 친구는 오죽할까.'라는 생각에 덩달아 감정이 먹먹해졌다.

동물을 정말 사랑하는 친구이고, 누구보다 사랑을 내어줄 줄도 아는 친구라 옆에서 보고 배우는 것들이 무수히 많다. 그런 친구가 눈물을 글썽이며 이 동물들과의 헤어짐을 말하는데 어떤 말을 해줘야 할지 몰라서, 어떤 말로도 위로가 되지 않을 것 같아서 그저 묵묵히 듣기만 했다.

헤어짐은 언제나 달갑지 않다. 모든 관계를 맺는 것에는 이별이 따른다는 걸 잘 알게 되었다. 어떻게 끝맺음하는가는 순전히 자신에게 달렸다는 것도. 그런데 어떤 끝맺음이 덜 후회될까를 생각하다 보면 머리가 복잡해진다. 예정된 이별이라면 준비할 시간이라도

있어 참 다행이다. 예기치 못한 이별보다는 더 성숙하고 현명하게
할 수도 있지 않을까 싶어서.

언젠가 맺었던 모든 관계들과 이별할 날이 오겠지. 그때 나는 어떻
게 끝맺음을 하게 될까. 웃으면서 이별하는 상상을 수도 없이 한다.
그런데 나와 맞지 않는 이별이란 생각이 들어서 그냥 울어버릴지
도 모른다. 좀 울면 어떤가. 울어도 괜찮다. 그건 당신을 만나 더없
이 행복했다는 또 다른 증거가 될 테니까.

당분간은 꿈을 꾸지 않기를

근래 꿈을 이상하리만치 자주 꾼다. 꿈 내용은 대부분이 좋지 못하다. 어느 살인자에게 쫓기는 꿈이거나 세상에서 가장 무서워하는 귀신과 맞닥뜨린 꿈이거나 집에 불이 나 온몸이 화염 속에 휩싸여 그 속을 빠져나오지 못했던 꿈이거나.

그렇게 짧은 시간 동안 여러 개의 악몽을 꾸고 나면 일어나는 것이 버겁다. 얼굴은 한껏 상기되어 있고, 호흡은 불안정하고, 이마 위로 식은땀이 흐르고. 깨어난 상황이 또 꿈인 건가 의심을 하며 재차 확인하곤 안도의 한숨을 내쉰다.

꿈을 꾸는 것이 즐거웠던 순간들도 분명 있었다. 꿈속의 나는 그토록 원하던 하늘을 날아다녔고, 마법을 부리기도 했으며, 좋아하는 사람과 달콤한 사랑을 하기도 했다. 깨어나는 것이 싫을 만큼 달콤한 꿈을 꾼 날도 많았다.

그런 날이 있었던 나지만 오늘만큼은 꿈을 꾸지 않았으면 한다. 길고 긴 시간 동안 아무것도 아닌 세계에서 나는 오로지 수면상태로만 있고 싶다. 그렇게 편안한 잠을 자고 일어나서 다시 세상을 바라본다면 좀 더 말끔해진 정신으로 더 나은 길을 발견하지 않을까. 맑아지고 싶다. 당분간은 꿈을 꾸지 않는 잠을 잘 수 있다면 좋겠다.

핑크 뮬리

오랜만에 찾은 경주였다. 첨성대 바로 뒤쪽에 핑크 뮬리가 예쁘게 피었대서 친구들 사이에서 그곳에 가자는 이야기가 나왔다. 사람이 많이 몰리진 않을까, 사진을 제대로 찍을 수나 있을까 조금의 걱정을 안고 떠났는데 아니나 다를까 경주는 핑크 뮬리를 보러 온 사람들로 가득했다. 사진을 찍기는커녕 핑크 뮬리가 있는 길 바로 아래에는 절벽이 있어서 발을 헛디디기라도 하면 떨어질 것만 같이 아찔했다. 역시 예쁜 것에는 사람들이 많이 몰리는 법이었다.

친구들에게 오늘은 사진을 못 찍을 것 같다며 아쉽지만 눈에 담는 것으로 만족하자는 이야기를 건넸다. 하지만 못내 아쉬운 마음이 컸던 친구가 내일 아침 이른 시간에 다시 와서 찍으면 안 되겠냐는 제안을 했고, 평소 아침잠이 많은 나는 걱정을 좀 했지만 그래도 보고 싶은 마음에 사람이 많이 몰리지 않은 시간대에 오로지 핑크 뮬리만을 볼 수 있다면 참 좋겠다며 그렇게 내일을 기약했다.

다음 날 아침, 새벽부터 나갈 준비를 했다. 잠이 덜 깬 듯 비몽사몽인 상태로 졸린 눈을 반쯤 뜨고 숙소 주인아주머니와 인사를 나눈 뒤 숙소를 떠났다. 걸어서 가기엔 조금 거리가 있어서 택시를 탔고,

첨성대 앞에 내렸다. 예쁘다, 아름답다는 말로 저 핑크 뮬리를 다 표현할 수 없을 지경이었다. 우리는 핑크 뮬리를 멍하니 바라보다가 한 명씩 가장 예쁘다는 장소에 서서 사진을 찍었다. 그때 시원한 가을바람이 불어와 머리칼을 스쳤다. 핑크 뮬리도 바람과 맞부딪혀 소리를 내었다. 그 어느 소리보다도 황홀했다. 머릿속으로는 사랑하는 사람들의 잔상이 흘렀고, 내 사람들에게도 꼭 보여주고 싶다는 생각에 핑크 뮬리를 찍어댔다. 이게 뭐라고, 그간 묵어 있던 응어리들이 사라지기 시작했다. 시간이 허락될 때 좀 더 긴 여행을 떠나고 싶다.

위로의 한마디

문득 잘 살고 있는 것 같다가도 불현듯 찾아온 안 좋은 일에 잘못 살고 있는 듯한 느낌이 들 때가 있다. 지금까지 지나온 과거들이 엉망진창으로 얽히고설켜서 좋았던 기억은 점점 흐려지고 나쁜 기억들이 자꾸만 수면 위로 떠오른다. 일과를 시작하고 끝내는 일이, 하루를 살아내는 일이 버거울 때가 많은 요즘. 걱정 말라고, 참 잘 살아내고 있다는 위로의 한마디가 절실해진다.

걱정 말자. 걱정 말아. 우리는 생각보다 아주 잘 살아내고 있는 거니까. 잠시 잠깐의 불안 때문에 정말로 불행해지지 말았으면 한다. 당신, 참 잘 살고 있다.

하루가 쓰다. 달게 삼켜낸 기억이 몇 없다. 그래서 눈을 뜨는 일이, 하루를 시작하는 일이 두렵거나 버거운 건지도 모를 일이다. 혹시라도 이런 생각이 드는 사람이 있다면 많이 지쳐 있는 상태일 것이다. 삶이 얼마나 고단하면, 깊이를 가늠조차 할 수 없이 얼마나 아래로 곤두박질쳤으면 이런 생각을 할까.

여러모로 안아주고 싶은 밤이다. 얼마나 힘들었겠느냐고, 참아내느라 그동안 고생했다며 품이 허락하는 시간 동안 꼭 안아주며 위로하고 싶다.

사랑하는 것

제일 설레는 순간이었다. 하루 동안 열심히 찍어낸 결과물을 확인하는 것. 나는 미련을 달고 사는 사람이라 한 번 곁을 내어준 것들을 잘 잊지 못한다. 그것이 물건이었든 사람이었든. 어쩔 수 없는 일로 헤어짐을 겪어야 할 순간을 대비해야 했다. 사진을 찍어 남기는 것. 여행에서 돌아오는 시간이면 마음 한곳에 허전함이 가득해진다. 언제 이 풍경을 다시 볼 수 있을까. 또다시 이 장면들을 마음에 담아낼 수 있을까. 그럴 수 없을 것만 같은 기분이 들어 사진을 찍어 남겼다. 내가 사랑하는 일 중 하나이기도 하다. 사랑하는 것들이 영원히 남았으면 좋겠다.

참 웃긴 일이잖아요. 내 삶에서 내가 빠져버렸다는 것이. 언제부터
였는지 잘 모르겠습니다. 그냥 어느 순간 내 삶에서 내가 빠져 있더
라고요. 늘 남들의 눈에 어떻게 보일까, 어떤 모습을 보여주면 나를
좋아해 줄까. 모든 초점이 타인에게 맞춰진 채 그렇게 하루하루가
지나고 있었습니다.

많은 사람들 속에서 무언가를 선택해야 하는 순간에도 내 의견을
말하기보단 주변의 눈치를 보면서 상대방의 말을 듣기 바빴어요.
마음은 아니면서 그게 좋다며 적당히 맞장구를 쳐가면서 말이죠.
그러다 보니 어느덧 내가 좋아하는 음식이 무엇이었는지, 어떤 분
위기를 좋아하는 건지, 나는 어떤 사람인지 점점 잊혀가고 있었죠.
그런 생각이 문득 들었을 땐 무서웠어요. 세상에서 나라는 사람은
존재하지 않는 것 같은 느낌이 들었으니까요.

그래서 마음을 단단히 먹기 시작했습니다. 세상에 조금은 용기를
내어보기로. 싫은 건 싫다고 말할 수 있는 용기. 가지고 있는 마음
을 표현해보는 것. 철저히 나를 위한 삶은 무엇일까 스스로 돌아보
기로 한 겁니다.

그렇게 생각하며 살아온 지 얼마 되진 않지만 생각보다 많은 것들이 변했어요. 나를 잃어버릴까 걱정하지도 않고요. 내 삶에서 나를 제외하지 않는다는 것. 꽤 많은 날들을 살아온 것 같은데 나를 정확히 알게 된 날은 얼마 되지 않습니다. 하지만 후회되거나 아깝지는 않아요. 앞으로 살아갈 날들이 더 많으니까요. 나를 위한 삶이 무엇인지 되돌아볼 필요가 있어요. 적어도 나라는 사람이 어떤 사람이었는지는 알아야 하는 거니까요.

익숙함에 너무 익숙해져서 변화에 대한 두려움 때문에 시도조차 못하고 포기해버리는 순간들이 있지는 않았는지. 좀 더 큰 세상을 보고 싶다는 마음은 간절했지만 큰 세상을 보기 위해 준비할 것들이 너무나도 많은 탓에 쉽게 져버리고 아쉬움만 남긴 채 살아가는 사람들이 많더라.

그런데 말이야. 그 두려움 조금만 참고 이겨낸다면 정말 멋진 세상을 볼 수 있더라고. 이겨내면 그까짓 것 아무것도 아니더라고. 버텨준 나 자신을 사랑하며 더 열심히 살아갈 원동력이 되더라.

너의 힘듦을 응원해,
너의 밤낮을 응원한다

많이 지쳤구나 싶었어. 손에 쥐어진 것이 너무 무거워서 놓고 싶다가도 놓는다는 게 너무 무서운 일이라는 걸 아니까 그러지도 못했을 거야.

"다른 건 신경 쓰지 마. 오로지 앞만 보고 달리면 되는 거야."

주변 어른들의 말에 잘해야 한다는 강박이 생겼을 것이고, 지고 있기엔 버거운 책임이라는 무게를 견뎌야 했겠지. 유리 같은 길인 것을 뻔히 알면서도 걸어가야 한다는 것. 그러다가 너무 힘들어 무너지고만 싶었을 땐 미래에 대한 걱정 때문에 마음대로 무너지지도 못했을 너의 마음을 알아. 위로가 많이 필요했겠구나. 참 힘들었겠다. 불확실했던 꿈, 행복한 앞날을 위해 잠도 제대로 못 자면서 준비한 네게 꼭 좋은 소식이 있을 거라고 믿어. 그러니 너무 걱정하지 말자 친구야. 불안해하지 말고, 눈물 흘리지도 말고 잠 잘 때만이라도 푹 잤으면 좋겠다.
너의 힘듦을 응원해.
너의 밤낮을 응원한다.
다 잘될 거야.

래빗 홀

삶을 산다는 것이 어느 순간 커다란 바윗돌처럼 나를 짓누를 때가 있었다. 버거웠고, 있는 힘껏 버티고 있는 힘을 그냥 놔버려 깔려죽어도 좋으니 그렇게라도 멈추고 싶을 때가 있었다.

정말 있을까?

평행 우주요? 확률의 법칙에 의하면 이 세상엔 저도 여러 명이고 아주머니도 여러 명이에요.

이건 우리의 슬픈 버전이구나. 그래도 우리의 다른 버전은 어쩌면 편하게 살아갈 수도 있잖아. 이 이론이 좋아. 그 어딘가에서 난 행복할 테니까.

〈래빗홀〉이라는 영화 한 부분에서 나온 대사였다. 정말 저 영화의 대사처럼 평행 우주 확률의 법칙에 의해 이 세상엔 '나'라는 사람이 여럿이 존재하는 걸까. 그렇다면 나는 어떤 버전일까. 슬픈 버전일까 아니면 행복한 버전일까. 아마 정답을 찾기는 어렵겠다는 생각을 했다. 아픈 순간은 여전히 나를 따라다니고 있지만 그만큼 행복한 순간도 분명 있으니까.

만약 저 법칙에 따라 또 내가 어디선가 분명히 존재하고 있다면 나는 그 세상 속 나에게 이렇게 말해주고 싶다. 슬퍼서 상처받았어도 꼭 행복해지라고. 그곳의 너는 나보다 더 많이 웃기를 바란다고.

울컥, 쏟아지는 감정들을 붙잡아 두기엔 속 안에 맺힌 것들이 너무 많았나 보더라. 떨어지는 감정들을 주체하지 못했던 밤이 있었다. 분명 어디론가 걸어가곤 있는데 목적지는 늘 미정이었다. 목적 없는 발걸음은 바윗돌처럼 무거웠고, 사실은 길을 잃은 것 같다며 누군가에게 손을 내밀고 싶은 마음이 굴뚝같았다.

혼자서 아픈 마음을 쥐어뜯던 어둑했던 순간들. 누구도 아닌 나와의 싸움에서 매번 져야만 했던 날들. 스스로에게 충분히 잘했다고, 다 괜찮아질 거라고 제대로 된 위로 한번 못해줬던 나. 모든 게 다 내 탓이었다. 내가 이토록 아프고 외롭고 힘들었던 이유는 다 나였던 것이다.

혹시나 늦지 않았다면, 지금이라도 가능한 일이라면 위로를 건네도 될까. "그동안 많이 힘들었지. 충분히 노력한 거 누구보다 잘 알아. 참 고생 많았다, 정말."

철부지

요즘 참 웃을 일 많이 없지. 어른이 된다는 건 또 다른 말로 이야기 하면 웃음이 조금씩 없어진다는 말이 될 수도 있겠다. 각박하고, 보 듬어주기보단 조그마한 흠집을 더 들쑤시며 서로의 상처를 헤집기 바쁜 세상이 되어가는 것만 같아서 마음이 시릴 때가 많아. 그런 현 실에 눈치 보느라 제대로 쉬지도 못할 때도 많을 거고, 아직은 너무 여린 마음이라 단단한 어른이 된 것은 아닌 것 같은데, 세상이 정해 준 틀에 맞춰 강제로 어른이 되어가는 것 같아. 마치 가짜 어른이 되어가는 기분인 거 있지.

가끔은 말이야. 한없이 철부지로 변하고 싶을 때가 있어. 세상의 규 칙 따위 몰랐던 어렸을 때의 나처럼, 세상이 정해 놓은 정답에 가까 워지기 전이었던 그때처럼 넓은 들판에서 아무 생각 없이 뛰어다 니면서 웃고만 싶다. 그러다가 넘어져 옷에 한가득 흙덩이가 묻어 더러워져도 인상 한번 찌푸리지 않고 걱정 하나 없는 얼굴로 넘어 진 것도 마냥 웃긴 일이라 여기며 밝은 표정으로 일어나고 싶어. 나 는 아직 어른이 될 수 없을 것만 같아. 아직은, 아직은 마냥 철부지 로만 살아가고 싶은걸.

오늘은 일을 마치고 곧장 친구 집으로 향했다. 눈이 내린 후라서 걸어가는 길 모두가 얼어 있었다. 조심, 넘어지지 않으려고 아주 조심히 걸어가려 했다. 워낙 잘 넘어지는 사람이라 이런 날이면 더 조심해야 하는데 마음이 급해지는 것이다. 맛있는 저녁을 먹자는 친구의 말 때문이었나. 다행히 넘어지지 않고 잘 도착했다. 친구 집에 들어서자마자 맛있는 냄새가 났다.

오늘의 메뉴. 소고기뭇국, 동그랑땡, 호박전, 김장김치. 지금 날씨와 썩 잘 어울린다는 생각이 들었다. 온기 가득한 집에 들어서는 것만큼 따뜻한 것은 없었다. 음식 냄새는 곧 사람 냄새라고 한다. 누군가 나를 위해 맛있는 밥을 해 놓고 기다리고 있다는 것. 빙판길에서도 걸음이 빨라질 수밖에 없었던 이유다. 친구에게 웃으며 인사를 하고, 걸치고 있던 목도리와 코트를 벗는 추위에 빨개진 볼을 손으로 에워쌌다. 그런 나의 모습에 친구는 따뜻한 차를 건넸고, 그 한 모금에 추위가 떨어지는 것만 같았다. 다 함께 앉아 저녁밥을 먹었다. 시리도록 추운 날씨였지만 마음만큼은 따뜻해지는 날이었다.

나이

나이는 숫자에 불과하다는 말이 있다. 숫자, 우리가 만든 커다란 틀일지도 모른다는 생각이 들었다. 10대엔 미래를 위해 공부를 해야 하고, 20대엔 안정적인 직장에 취업을 해야 하고, 30대쯤 됐을 땐 결혼 생각을 해야 하고. 언젠가부터 숫자 안에 갇혀서 우리가 우리 스스로를 옥죄고 있는 듯한 느낌. 공부를 열심히 하지 않는 10대는 어른들의 외면을 받았다. 그것도 못하면 무엇이 되려고 그러냐고, 꼭 무엇이 돼야만 하는 걸까. 아무것도 되지 않으면 큰일이라도 나는 거였나. 안정적인 직장에 취업을 하지 못하고 좋아하는 꿈을 이야기하면 이제 와서 무슨 꿈이냐고, 그저 허황된 것이라며 현실을 보라고 질책을 받는 20대. 결혼을 하지 않은 30대를 노처녀, 노총각이라고 부르기도 한다. 심지어 40대, 50대가 되도록 결혼을 하지 않았을 땐 실패한 삶이라 부르는 사람들도 보았다. 이러한 일들을 봐오면서 느끼는 것은 하나. 세상의 모든 사람들이 나이에 얽매이지 않고 살았으면 좋겠다는 것. 인생은 우리 뜻대로 되지 않을 것이다. 어쩌면 더 큰 불행이 나를 덮칠지도 모를 일이지만 단지 숫자 때문에 하고 싶을 때 하지 못하고, 사랑할 때 사랑하지 못한다면 이보다 더 큰 불행은 없을 것 같다. 모든 사람들이 더 이상 숫자에 얽매이지 말고 행복한 현재를 살아갔으면 좋겠다.

작은 것에
연연해하며 살지 말아야지.

걱정거리들을 조그마한 원 안에 밀어 넣고
이 이상 커지게 만들지 말아야지.

내일보단
오늘에 충실해야지.

스스로를 사랑해주는 일에
소홀히 하지 말아야지.

충분히 행복한 사람이란 걸
잊지 않고 살아가야지.

꼭 이렇게 살아가야지.

아버지의 김치

정확히 언제부터였는지 잘 기억은 나질 않는다. 그냥 어느 순간부터 김장을 하시는 아버지의 모습이 눈에 들어왔고, 그 김치의 맛은 최고였다는 사실뿐.

어릴 적부터 집에서 김장을 하는 날이면 온 거실 바닥에 비닐을 깔아 놓고 절인 배추와 양념장을 두고선 절인 배추를 커다란 통에 넣어 한 장 한 장 정성스레 양념을 묻혔다. 완성된 김치는 단정히 정리를 마친 뒤 빨간 사각 통으로 들어갔고 그렇게 여러 통에 들어갈 만큼 많은 양의 김치를 담갔다.

아버지가 음식 중에서 김치를 가장 좋아하시는 것 같다는 생각이 들었던 이유는 기분 좋게 술 한잔 드시고 집으로 돌아오신 날엔 항상 김치냉장고에서 김치들을 꺼내어 다시 가지런히 정리를 하셨기 때문이다. 조금은 특이할 수도 있는 술버릇에 그저 웃음만 나오던 상황. 그런 다음 꼭 한 말씀 하셨다. "아빠 김치가 세상에서 제일 맛있어! 다른 집 김치는 이 맛이 안 나." 그런데 우리 아버지라서 하는 말이 아니라 정말 맛있다. 시중에 팔아도 될 만큼. 너무 맛있다고 아버지께 말씀을 드리면 항상 큰 목소리로 호탕하게 웃으셨다. 그

웃음소리가 왠지 모르게 듣기 좋아서, 아버지의 웃음소리를 더 듣고 싶어서 같은 말을 여러 번 반복하기도 했다. "정말 맛있어! 정말로"

김치를 맛있게 먹는 우리를 보며 미소 지으시던 아버지. 사랑하는 우리들에게 먹이려고 정성스레 담그시던 그 손길을 기억한다. 그 손길에 가끔은 마음이 먹먹해져 온다. 그러다 문득 언젠가 아빠의 김치 맛이 그리워지는 날이 올지도 모른다는 생각에 눈시울이 붉어질 때도 있었다. 잊지 않았으면 좋겠다. 아빠의 김치에서 나던 특유의 맛을. 세상 그 어떤 음식보다 따뜻한 맛이 나던 아버지의 김치를 영원히 기억하고 싶다. 우리 아버지의 김치는 정말이지 세계 최고로 맛있는 음식이라고.

일과를 마무리하고 집으로 돌아가는 발걸음이 괜스레 무거워지는 날이었다. 그날은 왠지 모르게 집에 일찍 들어가기 싫은 날이기도 했다. 집으로 향하던 발걸음을 돌려 근처 공원으로 향했다. 평소에도 생각이 복잡해지거나 삶이 퍽퍽해질 때면 자주 찾는 곳이다. 운동을 나온 사람들, 산책을 나온 사람들, 저마다 제각기 다른 이유로 공원을 뛰거나 거닐고 있는 사람들. 그 속에 섞여 있으니 마냥 외롭지만은 않았던 것 같다. 그렇게 십여 분 걸었을 때였을까.

시선이 닿는 곳에 노부부가 계셨다. 계단에 앉아 할머니에게 기꺼이 내어주던 할아버지의 다정한 어깨, 행복을 머금은 것 같은 할머니의 미소. 꼭 잡아 사랑이 피어나던 두 분의 손. 그런 모습에 시선을 빼앗겨 걷다가 멈추다, 걷다가 멈추다 하였다. 사랑이라는 감정이 물체로 보인다면 꼭 저 두 분 같지 않을까. 저 두 분처럼 삶의 끝자락까지 함께 할 사랑을 만난다면 그 어떤 걱정과 고난도 헤쳐 나갈 수 있을 것 같다는 생각이 들었다.

진정한 사랑은 서로의 삶을 함께하는 것.
삶의 끝자락에서 행복한 삶이었다고
미소 지을 수 있는 것.

행복

사실 행복이 별거라는 생각은 하지 않습니다. 이를테면 지친 일과를 마무리하고 택시를 타고 집으로 돌아가는 길, 뜻하지 않게 라디오에서 좋아하는 노래가 흘러나오는 일, 좋아하는 사람들과 먹는 밥 한 끼, 몸이 고단한 날에 집으로 돌아와 따뜻한 내 방에 누워서 보는 영화 한 편, 일상이 지루할 땐 과감히 다른 곳으로 여행을 떠나보는 것, 사랑하는 사람과 손을 잡고 동네 근처를 산책하는 것. 이거면 충분히 행복한 거라고 자부할 수 있지 않을까요.

그간 행복이 별거라는 생각 때문에 눈앞에, 코앞에 있는 행복들을 느끼지 못하고 놓치며 살았습니다. 이미 옆에 와 있는데 그것도 모르고 나는 불행한 것 같다며 자책을 한 날도 적지 않았죠. 그런데 눈을 크게 뜨고 정신을 차려 보니 나름 꽤 행복한 삶이었단 겁니다. 모두가 마냥 행복하게 살고 싶겠지만, 아무 일 없이 평탄한 인생이 과연 좋기만 할까요. 그것도 아닌 것 같아서 그냥 운에 맡기기로 했어요. 어찌 됐든 간에 불행도 행운도 다 내 삶인 거니까요.

오늘 하루는 어땠어요? 하늘 가득 별이 쏟아졌다고 해요. 나는 보지 못했는데 당신은 봤나요? 오늘이 위로가 필요한 날은 아니었을까. 당신의 쓸쓸한 표정이 걱정하게 만들어요.

씹어도 씹어도 소화되지 못하는 고민들을 한가득 가지고 있는 건 아닐지. 울고 싶은 밤은 아니었는지. 무언가 마음에 얹혀 내려가지 못하고 답답했던 것은 아닐지. 당신의 아픔이 새벽이 지나도록 지지 않아 마음을 하얗게 할퀴어 오진 않았는지 걱정이 돼요.

당신이 겪어내는 감정들, 아픔들. 이 모든 것은 감기 같은 것일 테니 너무 걱정하지 말았으면 해요. 내가 곁을 지켜줄게요. 아픔이 사라질 때까지 말이에요.

가끔은 어떤 한 가지 문제로 인해 삶이 엉망진창이 돼버린 것 같아
서 불안해하거나 속앓이를 할 때가 있었다. 쉽게 잠들지 못하는 날
들의 연속이었고, 살아가는 모든 밤들이 꽤 길다는 생각이 잦게 찾
아오기도 했다. 행복은 도대체 무엇일까. 겉으로 드러나지 않아 꽤
나 추상적인 것이라며, 사실은 이미 찾아왔을지도 모르는 것이 행
복인데 나는 조그마한 불행을 크게 부풀려 행복을 막은 것은 아니
었을까 의문이 들었다.

행복하지 않다는 것. 그래서 불행했다는 삶. 생각해보면 내 삶을 사
랑하지 않아서였는지도 모르겠다. 사랑하지 않아 매 순간 사소하
게 찾아오는 작은 행복들은 알아채지도 못하면서 손톱만 한 불행
이 찾아왔을 땐 심장을 파고들 만큼 크게 부풀렸다. 잘못 생각한 것
은 이것 하나만이 아니었다. 삶이 왜 힘들지 않아야 한다고 생각했
던 것이었나, 좋은 순간이 있으면 나쁜 순간도 있는 것인데. 힘든
순간도 엄연한 내 삶이었다. 그러니 지금부터라도 사랑하며 살 수
있길 바란다.

검은색

머리에 잔뜩 뭔가를 뒤집어쓰고 사는 것 같은 불편한 기분. 낯선 곳에서 길을 잃은 어린아이처럼 불안에 떨며 눈물을 흘렸던 그날. 날카롭고 알 수 없는 것들이 온몸을 베어버리는 것 같은 고통. 사방이 꽉 막힌 네모난 공간에 갇혀 나를 잃어가는 기분이 들 때가 있었다.

당시엔 검은색으로만 가득 찼던 날들이 이어졌고, 성할 리 없는 마음을 쥐고 산다는 게 죽을 만큼 아프고 아파서 다 그만둬버리고 싶었다.

하지만 그때를 지나온 내가 생각한다. 세상의 모든 희망이 사라져버린 것 같은 기분이 들었어도 결국 시간이 약이긴 했다고. 아픈 게 사라지진 않겠지만 무뎌지긴 하더라. 온몸을 휘감아 나를 조여 오던 것들이 어느새 느슨해져 사라지게 되는 날이 반드시 온다. 그러니 지금 힘들다고, 아프다고 다 그만둬버리고 싶다고 울고 불어도 괜찮다. 결국엔 당신도 괜찮아질 거니까. 완벽하려 애쓰지 않아도 괜찮다. 결국엔 사람이라서, 실수하며 살아가는 게 당연한 거라서. 잊지 말자, 당신은 당신대로 꽤 멋진 삶을 살고 있는 중이라는 걸.

오늘은 얼마나 힘들었을까. 하루 전체가 고단함으로 다 채워진다
는 것은 또 얼마나 지치는 일일까. 참 힘들지, 살아간다는 것이. 어
느 하나 쉬운 것이 없고, 나를 가로막는 장애물들은 또 어찌나 다양
하게 찾아오는지. 신이 정말로 존재한다면 한가득 원망을 담아 보
내고 싶은 마음일 거야. 왜 이런 삶을 살게 만드느냐고. 잘 살고 싶
었잖아. 아마 모두가 이런 마음이겠지. 이렇게 노력하며 최선을 다
하는데 눈치 없는 현실은 나를 구박하기 바쁘고, 나를 울리기 바쁘
니 말이야.

이런 세상에서 나는 너의 노력을 알고 있어. 그러니 울음이 나온다
면 부디 참지 말고 터트려주라. 끓어오르는 감정을 억지로 누르지
도 말고, 부서질 것 같은 감정을 위태롭게 붙잡지도 말고 그대로 터
트려주길 바란다. 삶을 살아내는 것이 처음이라 노련하지 못한 것
이 당연한 건데 그것을 모르는 사람들이 많은 것 같아. 어쩔 땐 흐
르는 눈물이 너무 많아서 그만 눈물로 변해버릴 것 같은 기분이 들
더라도 괜찮다. 눈물로 변해버리면 어때. 그렇게 감정을 잠시 쏟아
낼 수만 있다면, 네가 그렇게 풀 수만 있다면 그걸로 된 거니까. 삶
이란 게 마냥 행복할 수만은 없는 것처럼 마냥 불행할 수만도 없어.

그러니까 내 말은 네게도 곧 행복이 찾아올 거란 말이야. 다 놔버리고 싶은 마음이어서, 그렇다고 또 쉽게 다 놔버릴 수도 없는 마음이라서 얼마나 복잡하고 힘들지 너무 잘 알아.

너는 꼭 웃을 거라고. 이것 또한 언젠가 흘러갈 상황들이라고. 너는 누구보다 행복해질 테니 걱정하지 말았으면 해. 그렇게 살다가 행복해진 네가 또다시 불행을 온몸으로 맞아 부서질 것만 같아지더라도 괜찮을 거야. 이미 그전보다 많이 강해져 있을 테니 넌 또 이겨낼 수 있을 거라 확신해. 언제나 그랬듯 너는 또 네 삶을 걸어갈 거라고. 늘 응원할게, 네 곁에서.

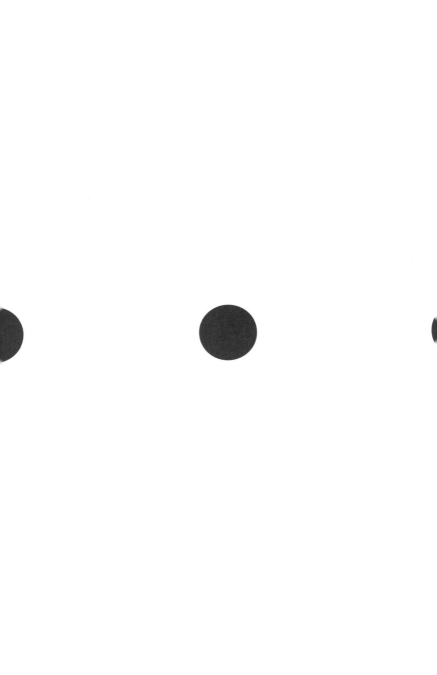